„Sie sahen nicht, dass wir da waren.
Ihre letzten Gedanken wanderten wie
Rauch durch Risse im Fleisch.
Und wir sammelten sie – unrein, bebend,
schön.
Das Licht, das aus dem Verfall wächst, ist
unser Evangelium.
Öffne den ersten Blick. Lausche dem ersten
Fall."

AF210881

KAPITEL 1

Archivierte Aufnahme A001

Ich weiß nicht mehr, ob ich geschluckt hab
oder ob ich das nur denke.
Der Bass boxt mir die Rippen weich, Licht
reißt durch den Raum wie Scherben.
Schweiß tropft von der Decke. Ich
schmecke Metall, oder vielleicht Energy.
Oder Blut?
Nein, kein Blut.

Mein Herz springt, aber es fühlt sich nicht
richtig an. Zu viel, zu wenig – der richtige
Rhythmus fehlt.
Ich hab vergessen, was ich genommen hab.
Oder wie viel.
Zuerst war's was Kleines, dann was zum
Nachziehen, dann war da der Typ mit der
Kapuze, der mir was auf die Zunge
gedrückt hat.
Ich hab nicht gefragt. Ich frag nie.

Was er mir gab, war nicht die erste
Substanz dieser Nacht. Doch es war anders.
Ich spürte den kalten Druck auf meiner

Zunge, die Stimme, die wie ein Riss durch meine Gedanken schnitt:

'Nur wer leer ist, kann Licht tragen.' Was bedeutet leer? Leer wie er, wie der Raum um uns? Oder leer wie ich, dieser ständige Zustand, in dem alles von mir abgeht, bevor ich es fassen kann? Fuck, was hab ich mir hier reingedröhnt?"

Er war einfach da. Kein Blickkontakt, kein Lächeln.
Nur diese Kapuze, tief ins Gesicht gezogen, als wär Licht gefährlich.
Seine Finger waren kalt – nicht wie draußen-kalt, sondern wie von innen raus.
Er berührte meine Unterlippe mit dem Daumen, ganz leicht.
Dann das Ding – rund, glatt, nicht größer als ein Fingernagel – landete auf meiner Zunge.
Es schmeckte nach Kupfer und etwas... Lebendigem.
Ich wollte fragen: Was ist das?
Aber seine Stimme kam mir zuvor.
Ganz leise. Ganz nah.
„'Nur wer leer ist, kann Licht tragen.'
Das war sein Satz. Es klang wie ein Gebet, aber ich war nicht sicher, ob es gut oder schlecht war. Fuck, was hab ich mir hier

reingedröhnt?"
Ich hätte lachen sollen. Oder gehen.
Aber stattdessen nickte ich. Keine Ahnung
warum.
Vielleicht, weil er es nicht als Frage gesagt
hatte, sondern als eine Wahrheit. Eine, die
ich nicht verstehen musste. Vielleicht, weil
er so viel von diesem Licht trug, dass es die
Luft, um uns zu verzehren schien.
Und was war das Licht? War es das, was
mich hierhergebracht hatte? War es das,
was mich leerte?
Vielleicht war ich leer, weil ich nicht mehr
weiß, wer ich eigentlich bin.
Oder vielleicht... vielleicht wollte ich es so.
Leere als Freiheit. Leere als Erfüllung."

Er verschwand, bevor ich's merkte. Als
hätte ihn der Beat aufgefressen.

„Draußen war's kälter gewesen, als ich
gedacht hatte. Nicht nur das Wetter,
sondern die Kälte der ganzen Welt, die
draußen auf mich wartete. Dann, als ich die
Tür öffnete, wurde ich verschluckt von
diesem Dröhnen, diesem heißen, feuchten
Atem des Raums. Ich trat ein, und alles, was
außen war, fiel ab – der Regen, die Kälte,
das Draußen. Es blieb nur noch der Beat
und dieser Geruch aus Haut und Schweiß."

Nicht nur vom Wetter – von allem.

Ich stand fast zehn Minuten vor der Tür, zwischen zwei Rauchern, die sich anschwiegen wie Expartner.

Einer bot mir was an. Ich hab wieder zugelangt. Keine Ahnung – ich frag ja nicht nach.

Mein Handy vibrierte. Mama blinkte auf. Ich hab's weggedrückt. Nicht wegen ihr. Nur… weil es nichts zu sagen gab.

Drei ungelesene Nachrichten. Eine davon nur: „Wo bist du?"

Ich hätte schreiben können: „In der Schlange. Gleich drin."

Oder: „Ich will nicht reden."

Oder: gar nichts.

Ich hab gar nichts geschrieben.

Ich hab das Handy in die Socken geschoben, damit es niemand klaut.

Manchmal denk ich an Frau Meissner.

Vierte Klasse. Hatte immer diese rauen Hände und diesen Blick, der einem genau gesagt hat, ob man lügt, selbst wenn man noch gar nichts gesagt hatte.

Sie hat mir einmal einen Zettel zugesteckt, ohne ein Wort. Da stand nur drauf: „Ich seh dich trotzdem."

Ich hab ihn weggeschmissen. Gleich am selben Tag. Und trotzdem weiß ich noch genau, wie er sich angefühlt hat.

Sie hätte mich jetzt nicht erkannt. So wie ich heute bin. Oder – schlimmer – sie hätte mich erkannt. Und wär enttäuscht gewesen.

Nicht weil ich irgendwas Schlimmes getan hab. Nur… weil ich nichts tue. Weil ich verschwinde, und niemand merkt's.

Weil ich mich leermach, bevor es jemand anderes tun kann.

Sie hätte mich wahrscheinlich nur angesehen. Mit diesem Blick, der leise sagt: „Reiß dich zusammen." Nicht hart. Nur echt.

Dann bin ich rein.

Alles klebt.
Hände auf Rücken, Nacken, Hüften – irgendwer küsst irgendwen. Ich auch. Ich nicht.
Ich will nicht nach Hause. Ich hab kein Zuhause.
Die Luft ist schwer. Nicht von Rauch, sondern von Haut und Schweiß.
Mein T-Shirt ist durchnässt. Mein Herz

springt.

Es fühlt sich an wie zu viel – aber auch wie zu wenig.

Neben mir fängt einer an zu tanzen wie ein Stromschlag. Kein Rhythmus. Keine Musik mehr. Nur dieses Zucken.

Ich lache. Dann nicht mehr.

Ich zwinkere gegen das Licht, aber es flimmert tiefer rein.

Der Typ mit dem Zucken tanzt immer noch. Niemand beachtet ihn.

Seine Hände schlagen ins Leere, als würde er Fliegen fangen oder sich selbst.

Ich schwöre, er hat gerade geschäumt.

Oder geschwitzt. Oder… beides?

Ein Teil von mir sagt: Geh. Jetzt.

Ein anderer sagt: Bleib. Guck's dir an.

Vielleicht bist du der Nächste.

Ich greife nach meinem Drink, aber das Glas ist weg. Oder es war nie da. Vielleicht hab ich es geträumt.

Meine Hand zittert. Ich stecke sie in die Hosentasche. Falsch. Da liegt nichts, woran man sich festhalten kann.

Zwei Mädels an der Bar flüstern sich was zu. Keine Ahnung warum, die Musik ist laut wie Krieg.

Dann lacht eine. Oder schreit sie? Es kippt

so schnell in meinem Kopf.
Der Typ neben mir fällt. Einfach so. Kein
Stolpern, kein Drama – nur: weg.
Körper auf dem Boden, zuckt. Ich will
blinzeln, aber ich starre.
Niemand hilft ihm. Ich auch nicht. Ich
rutsche aus falle auf die Knie. Spüre kaum
was.

Ich versuche aufzustehen, aber meine Knie
sind weich wie Wachs.
Jemand rempelt mich an. Kein Blick. Kein
Sorry. Nur Hitze.
Die Musik macht weiter, aber es ist nicht
mehr der Beat von vorhin.
Es ist schneller. Härter. Oder es ist mein
Herz.
„Ich sehe ihn wieder. Den Zuckertyp.
Er steht jetzt ganz still, und ich spüre etwas.
Etwas, das sich in der Luft verändert.
Blut an seinem Shirt. Viel zu viel Blut.
Sein Kopf neigt sich schief, als würde er
zuhören. Lauscht er dem Beat? Lauscht er
meinem Herzschlag?
Ich öffne den Mund, doch bevor ich etwas
sagen kann, schreit jemand anderes.
Dann noch einer. Und dann alle. Ein Schrei,
der wie ein Riss die Luft zerreißt.
Und dann kommt er näher. Der Zuckertyp.

Zu nah. Zu schnell.

Sein Gesicht, das aus der Dunkelheit auftaucht, ist blass, zu blass. Trocken, wie alte Haut. Kein Leben in diesen Augen.

Fuck was hat er genommen?

Ich will schreien. Doch da ist kein Schrei mehr. Nur dieser Drang, wegzulaufen. Aber mein Körper bewegt sich nicht.

Die Raucher von draußen schieben sich vorbei. Müssen den Zuckertyp kennen.

Einer umarmt. Der andere küsst. Würd ich nicht wollen, zu abgedreht der Typ. Wirkt nicht korrekt.

Die Lichter flackerten. Nicht im Takt. Nicht wie Show.

Sondern wie ein Fehler im System.

Der Bass lief weiter, aber er schlug daneben.

Nicht mehr gegen die Rippen – gegen den Verstand.

Jemand neben mir stolperte, fasste sich an den Kopf, als würde etwas rauswollen.

Ein Paar tanzte noch, aber die Bewegungen waren falsch – zu langsam, zu weich.

Als wären sie nicht mehr sicher, wo ihre Körper enden.

Ein Mädchen stand mit offenen Armen mitten im Raum. Augen zu.

Sie drehte sich, ganz langsam, wie im Schlaf.

Jemand schrie. Direkt neben meinem Ohr. Aber als ich hinsah, bewegten sich nur Lippen. Kein Gesicht. Kein Ausdruck.
Ein Junge schlug gegen die Wand, immer wieder.
Blut an den Knöcheln, aber kein Laut. Nur Rhythmus.

Ich wollte atmen, aber es war, als wär die Luft zu schwer, zu dicht zum Einatmen.
Zu dick zum Einziehen.
Zu schwer zum Wegschieben.

Dann rannte der Erste.
Dann rannten sie alle.

Die Masse schiebt sich.
Keine Tänzer mehr. Nur Körper, die sich in jede Richtung drücken, ohne Rücksicht.
Die Luft ist heiß. Es fühlt sich an, als würde sie mich erdrücken, als würde sie sich in meinen Lungen festsetzen, als könnte ich nicht mehr atmen.
Ich taste an der Wand. Sie ist glitschig, wie lebendig.
Rot. Oder vielleicht schwarz. Ein immer schnelleres Blinken von Licht, wie ein Fehler, der sich durch den Raum zieht.

Die Musik bricht nicht ab. Es gibt keinen Takt mehr. Kein Rhythmus, nur Druck. Der Bass hämmert immer noch, doch er trifft nicht mehr meine Rippen. Er trifft meinen Verstand.

Da ist eine Frau, die kriecht. Ihre Füße sind nackt, die Schuhe fehlen. Nur Haut und eine Schleifspur hinter ihr.

Ihre Augen sind weiß, leer. Sie sieht mich nicht.

Ich sehe mich selbst nicht.

Die Enge wird unerträglich. Ich muss raus. Ich will raus.

Ich drehe mich um – und da ist er. Der Zuckertyp.

So nah. Zu nah.

Dann kommt der Biss.

Aber nicht wie im Film. Kein Ruck. Kein Schrei.

Es ist erst Wärme.

Dann Druck.

Dann etwas, das reißt – nicht die Haut, sondern die Ordnung.

Ein Rutschen im Fleisch, ein Zucken im Licht.

Ich höre nichts. Oder zu viel.

Der Bass ist weg.

Aber mein Herz hämmert weiter, als wollte es fliehen.

Sein Gesicht ist so nah, dass ich jeden Riss in seinen Lippen sehe.
Blass. Trocken.
Wie eine Maske aus alter Haut.
Sein Atem ist heiß, aber tot.
Nicht wie Leben – wie ein Ofen, der nur noch glimmt.
Etwas rinnt mir den Hals runter. Ich weiß nicht, ob's von mir ist.
Ich will schreien.
Aber ich glaube, ich lächle.
Ganz kurz. Ganz falsch.
Ein Reflex. Ein Rest.

Dann kippt alles.
Nicht der Boden. Nicht der Körper.
Etwas innen.
Etwas in mir sagt: Du bist jetzt woanders.
Ich will widersprechen.
Aber der Satz hat recht.

Und ich denke:
War das gerade echt?

Fall A001 abgeschlossen.
Substanzaufnahme bestätigt. Erstkontakt mit Segmentträger: vollzogen.

Kaum verwertbare Informationen
Archiviert unter: Einleitungspunkt Alpha.

KAPITEL 2

Archivierte Aufnahme A002

Es war ein ganz normaler Donnerstag.
Draußen hat es geregnet, und wir haben
über Personalpronomen gesprochen.
„Ich, du, er, sie, es", sagte Alina. Dann lachte
sie, weil sie „es" immer lustig fand.
Ich hab mitgelacht. Ich hab sogar auf die
Tafel „ES" in Großbuchstaben geschrieben
und darunter ein Smiley gemalt.
Ein paar Kinder kicherten. Jonas nicht. Er
saß wie in Watte.
Ich dachte, er sei müde.
Ich wollte nach der Pause mit ihm reden.
Vielleicht hatte er schlecht geschlafen.
Vielleicht...
Ich weiß nicht, was ich geglaubt habe.

Ich hab gesagt: „Okay, nächste Runde: wir –
ihr – sie."
Lina meldete sich, zuckte aber zurück, als
ich sie drannahm.
Ich sagte: „Keine Angst. Wir machen das

zusammen."
Sie nickte. Zögerlich. Ich hatte gerade
gedacht: Es wird ein ruhiger Tag.
Das war, bevor Jonas zu schreien anfing.

Ich bin Lehrerin.
Ich habe einen Evakuierungsplan. Ich habe
Erste-Hilfe-Kurse besucht. Ich habe ein
Klassenzimmer mit Fenstern, Türen,
Schränken.
Ich dachte, das reicht. Ich arbeite mit
Kindern, wann würde ich schon einen
Evakuierungsplan brauchen?

Jonas war blass, schon am Morgen. So
ruhig und zurückgezogen. Ich hätte es
merken müssen.
Seine Haut war nicht nur hell – sie war…
leer. Als würde etwas fehlen.
Aber es war Frühjahr, es war matschig
draußen, und die Kinder hatten nasse
Socken und schlechte Laune.
Blass sein war kein Alarm. Nicht in einer
Schulklasse. Jeder fühlt sich mal unwohl.

Er hatte die Hand gehoben, um aufs Klo zu
gehen, und ich hab gesagt: „Warte bis zur
Pause."
Er hat nichts gesagt. Nur genickt.
Ein bisschen zu langsam vielleicht.

Aber ich dachte, er wollte nur raus, wie Kinder das eben machen.

Er war elf.
Er hatte noch diese Naht an der Schulter vom letzten Sturz, und seine Federmappe war mit Dinosaurierstickern beklebt. Einer war überklebt mit einem komischen Kreis. Unten ein kleiner Punkt. Ich dachte, er hat das nur gekritzelt.
Er hatte einmal gesagt, er liebt Dinosaurier – gerade die mit den großen, scharfen Zähnen.

Als er schrie, war es kein Kinderschrei.
Es war tief. Nass.
Nicht Wut. Nicht Schmerz. Etwas anderes.
Dann kam das Blut – aus der Nase, aus dem Mund.
Die anderen starrten. Keiner lachte.
Ich hab ihn auf den Boden gelegt, automatisch, wie ich's gelernt hab.
Stabile Seitenlage. Draußen am Gang, damit er sich nicht an den Tischen und Stühlen verletzt. Er zuckte.
Nicht wie bei einem epileptischen Anfall. Anders.
Zu schnell. Zu hart.

Ich hab die Kinder wieder in den
Klassenraum geschickt.
„Bleibt ruhig", hab ich gesagt.
Ich hab gelogen.
Sie gingen nicht sofort. Drei blieben
stehen.
Lina klammerte sich mich. „Was ist mit
Jonas?" fragte sie.
Ich sagte: „Wir kümmern uns gleich."
Sie wusste, dass es nicht stimmte. Ich
wusste es auch.

Ich habe alle in die Klasse gebracht, die Tür
zugeschlagen. Verriegelt. Tische davor.
Der Schlüssel steckte noch. Ich hab ihn
umgedreht, langsam, als hätte ich damit
Zeit gekauft.
Zwei Kinder weinten. Einer hat sich
übergeben – Lukas. Immer höflich, immer
leise.
Jetzt zitterte er so sehr, dass ihm das Kinn
gegen die Brust schlug.
Er hielt sich die Hände vors Gesicht, als
hätte er was gesehen, das nicht für ihn
gedacht war.
Ich kniete mich zu ihm, auf Augenhöhe. Ich
hörte mich sagen:
„Alles gut. Nur ein Kreislaufding. Der Jonas

fällt manchmal um."
Lüge Nummer zwei.

„Ich hab ihm eine Geschichte erzählt.
Irgendeine.
Irgendwas mit einem Drachen, der schläft,
solange man ihm nicht in die Augen sieht.
Doch ich wusste, dass die Geschichte nicht
stimmte.
Ich wusste nicht einmal, wie sie endete. Es
war eine Lüge, die ich erfunden habe, um
uns alle zu beruhigen. Aber warum? Was
konnte ich noch schützen, wenn nicht die
Kinder?
Diese Geschichte war falsch.
Und ich? Ich war falsch. In allem, was ich tat.
In jedem Moment, in dem ich versuchte,
ihnen zu erklären, was nicht erklärbar war."

Mein Atem war ruhig.
Ich habe gelernt, ruhig zu atmen.
4 Sekunden ein. 7 halten. 8 aus.
Ich hab es sogar einmal an die Wand
geschrieben, direkt neben den Notfallplan.
„Atmen hilft. Immer."
Jetzt half es nicht.

„Es ist nur eine Vorsichtsmaßnahme", habe
ich gesagt.
„Wir machen das wie in der Übung."

Niemand hat mir geglaubt.
Auch ich nicht.

„Von draußen kamen Schritte.
Nicht schnell, nicht hastig – eher wie das
langsame Herantasten einer Gefahr, die
weiß, dass sie Zeit hat.
Ein Schritt. Dann Stille. Ein weiteres Kratzen,
wie ein Schuh, der über Linoleum scharrt,
aber es klingt nicht mehr wie ein Schuh. Es
klingt wie etwas, das nicht mehr
dazugehört.
Dann Schläge. Dumpf. Abgesetzt. Wie das
Geräusch eines Körpers, der gegen eine
Wand geworfen wird. Doch sie trafen nicht
die Tür.
Sie trafen die Welt, wie ein Gewicht, das die
Luft selbst zu biegen scheint."

Dann dieses... Schaben.
Langsam.
Zielgerichtet.
Wie ein Löffel über eine Schiefertafel.
Nicht panisch. Nicht bedrohlich.
Fast… erwartungsvoll.

Ich dachte an Jonas.
Ob er noch lebt.
Ob er noch Jonas ist.
Ich sah ihn vor mir, wie er da lag. Zuckte.

Und sein Mund – nicht wie Atmen.
Wie etwas, das raus will.

Ich weiß nicht, ob ich ihn eingesperrt habe
– oder uns.

Alina hielt meine Hand. Ich spürte, wie sehr
sie zitterte.
Ihre Hand klammerte sich an meinen
Daumen. Ganz fest, als würde sie sonst
verschwinden.
„Ich wollte ihr sagen, dass alles gut wird.
Doch meine Zunge lag schwer im Mund.
Die Worte, die ich sagen wollte, klebten an
mir, unfähig, herauszukommen.
Sie flüsterte: ‚Kommt jemand?'
Ich wollte antworten. Ich wollte ihr sagen,
dass Hilfe kommt, dass alles in Ordnung ist.
Doch es war nicht die Wahrheit. ‚Ja.'
Es war das erste Wort, das mir den Magen
umdrehte, wie ein feuchter Stein, der in mir
rollte.
Ich wusste nicht, ob das stimmte. Ich
wusste nur, dass es die einzige Lüge war,
die ich gerade noch ertragen konnte."
Vielleicht hatte Alina die Tür zur Aula
aufgelassen. Vielleicht hatte sie sie
geschlossen.
Vielleicht war das jetzt egal.

Dann krachte es gegen die Tür.
Nicht wie bei einem Versuch, einzutreten.
Es klang wie ein Körper, der geworfen
wurde – von etwas, das wusste, wie man
Gewicht benutzt.
Die Türklinke vibrierte. Ein leises
metallisches klong zitterte durch die Tische.

Ein Kind schrie auf. Ich glaube, es war
Josef.
Er duckte sich reflexartig, wie vor einem
Fußball, der zu hart geworfen wird.
Ich wollte ihn trösten, aber ich konnte mich
nicht bewegen.
Ich war zu sehr damit beschäftigt, nicht zu
schreien.

Ich bin Lehrerin. Ich halte durch. Ich tröste.
Ich schütze die Kleinen.
Auch wenn ich keine Antworten mehr
habe.
Auch wenn ich nicht weiß, für wie lange
noch.

Ich sagte: „Zurück! Hinter den Schrank!
Jetzt!"
Meine Stimme klang fremd. Wie eine
Durchsage.
Sie gehorchten. Alle.
Kein Flüstern. Kein Widerwort.

Nur Stühle, die über den Boden scharrten.
Kleine Körper, die sich ducken, verstecken.
Als hätten sie geahnt, dass dieser Moment
mal kommt.

Ein ganzer Raum voll Angst – in
Kinderkörpern.
Sie hielten sich an den Händen. Aber sahen
sich nicht an.
Sie bewegten sich direkt auf ihr Ziel zu.
Als wäre der Befehl größer als ich.

Ich wusste, was ich tun musste.
Nicht aus Mut.
Nicht, weil ich stark war.
Aus Pflicht.
Oder Verzweiflung.
Oder weil niemand anderes da war, um es
zu tun.

Ich sah auf meine Hand.
Sie zitterte nicht. Noch nicht.
Ich drehte mich um.
Ich trat vor die Tür.
Und ich nahm den Schlüssel in die Hand.
Er war kalt.
Oder meine Finger zu warm.

Ich hörte nichts mehr. Kein Schaben. Kein
Atmen. Kein Kind.

Nur den Schlüssel.
In meinem Herzschlag.

Vielleicht waren es nur Sekunden. Vielleicht
Minuten.
Vielleicht war da gar keine Zeit mehr.
Nur der Moment zwischen Entschluss und
Konsequenz.
Ich erinnere mich nicht an ein Geräusch.
Nur an Licht – grell, zu weiß, flackernd.
Und an den Geruch.
Etwas Eisenhaltiges.
Etwas, das nicht mehr Teil des Alltags war.

Vielleicht haben sie überlebt. Vielleicht
auch nicht.
Vielleicht hat einer von ihnen geschrien,
und ich hab es nicht gehört.
Vielleicht hat Josef versucht, mir
hinterherzurennen.
Vielleicht hat Alina den Schrank
umgeworfen.
Vielleicht haben sie sich gegenseitig
festgehalten.
Vielleicht waren sie einfach nur still.

„Ich bin Lehrerin. Nicht mehr, nicht weniger.
Ich lehre Haltung. Ich lehre Schutz. Ich
lehre, dass jemand bleibt, wenn alle
anderen schon gegangen sind.

Doch in diesem Moment, in dem die Welt sich verschiebt und das Unvorstellbare näherkommt, frage ich mich: War ich wirklich das Letzte, was sie gesehen haben?
Ein Gesicht. Ein Körper, der blieb. War ich ihr letzter Halt? Oder das, was sie nie wollten?
Das hoffe ich. Ich hoffe es sehr. Ich hoffe, dass ich es war. Weil, wenn nicht – was bleibt dann von uns?"

Fall A002 abgeschlossen.
Lehrkraft zeigt hohe Stabilität unter äußerem Stress. Schutzverhalten aktiv.
Kontakt mit Infiziertenkind: bestätigt.
Türverriegelung als Grenzhandlung dokumentiert.
Übergangsparabel erkannt.
Klassifikation: *Grenzbewahrerin*.
Beobachtung: möglicher symbolischer Bruch der Lehrinstanz.

Kapitel 3

Archivierte Aufnahme A003

Ich hatte ihn nicht gesehen, als er reinkam.
Nur das Bargeld.
Fünfziger, gefaltet, kein Blickkontakt. Ich
war im Standardhotel „Hadinavi"
Mir war das recht. Die, die nicht reden, sind
meist die harmloseren. Meist so
schüchtern, und gleich wieder fertig.
Kein Smalltalk. Kein Warten auf
Bestätigung.

„Er roch nicht. Kein Parfüm, kein Schweiß,
kein Alkohol. Nur... Nichts.
Kein Geruch. Keine Spur. Es war, als wäre er
nicht wirklich da, als würde er die Luft nicht
berühren.
Und das war das Unheimlichste.
Selbst die Sauberen, die, die kommen, um
für ein paar Minuten jemand anderes zu
sein, tragen immer ein bisschen von sich
mit – die Angst, die Gier, diesen Rest, der
von draußen kommt.
Aber dieser hier... war wie aus der Wand
gefallen. Kein Echo, keine Spur. Einfach da."

Manche sind sauber. Manche sind
sauberer, als man denkt. Die tun nur so.
Aber der hier war anders.

Nicht in der Art, wie er saß – auf der Kante vom Bett, still, leicht vornübergebeugt.
Sondern in der Art, wie der Raum auf ihn reagierte.
Er war da, aber es fühlte sich an, als hätte er was mitgebracht, das ich nicht sehen konnte.
Etwas, das eigentlich nicht für mich war.

Ich hab sie alle gesehen. Die Schüchternen, die Lauten, die Schweigenden.
Die Zerstörten. Die, die zahlen, um fünf Minuten lang ein anderer zu sein.
Und die, die zahlen, um jemand anderen zu zerstören.
Ich hatte schon mit Jüngeren. Mit Uralten.
Also sagte ich nichts.
Ich hatte einen Plan: durchziehen, zählen, duschen, raus.

Die Uhr an der Wand tickte wie eine Mahnung.
Draußen fuhr eine Sirene vorbei. Die dritte heute. Mehr als sonst, aber nicht ungewöhnlich.
Vielleicht war was in der Stadt. Vielleicht auch nicht.
Ich zog langsam das Shirt aus.

Er atmete komisch. Nicht laut, aber falsch.
Wie ein Geräusch, das der Körper nicht
machen sollte.
Ein Rhythmus, der keiner war. Wie Husten
ohne Luft.
Oder wie ein Ton, der nicht durch den Hals
kommt, sondern durch die Haut.

Ich sah's erst an den Schultern – so ein
Ruckeln, wie bei Fieber.
Unregelmäßig. Nicht kontrolliert.
Ich hab viele zittern sehen – vor Koks, vor
Angst, vor Kälte.
Aber das hier war anders.
Nicht von innen gesteuert.
Mehr wie eine Reaktion auf etwas, das nicht
im Raum war.

Ich dachte noch: Vielleicht ist er krank.
Vielleicht hat er Angst. Vielleicht braucht er
bloß Zuspruch und Zuneigung.
Hab ich manchmal gemacht. Gegen
Aufpreis versteht sich.
Manche wollen reden. Oder gehalten
werden. Oder so tun, als wäre das hier
Nähe.

Dann stand er auf. Langsam.
Wie jemand, der seinem eigenen Körper
nicht ganz gehört.

„Ich sah seine Hände.
Verkrampft, als würde er jeden Moment
loslassen, aber irgendetwas hielt ihn.
Dunkel unter den Fingernägeln – fast wie
etwas, das sich unter der Haut versteckte.
Kein Schmuck.

Kein Zucken.

Keine Entspannung. Nur... Spannung.
Seine Finger waren gespreizt, leicht, als
wollten sie sich an etwas festkrallen, das
noch nicht da war, als könnte er die Realität
selbst in seine Hände nehmen und sie in
etwas anderes verwandeln. Ein Gefühl von
Präsenz, das fast greifbar war."

Und da wusste ich:
Das hier ist nicht mehr Arbeit.
Das hier ist was anderes.

„Setz dich", hab ich gesagt.
Stimme fest. Nicht zu fordernd.
Ein Satz, den ich schon hundertmal gesagt
hab.
Manchmal klappt's.
Manchmal beruhigt es sie. Bringt sie zurück
in die Rolle: Gast, Zahler, Mensch.
Diesmal nicht.

Keine Panik. Kein Zittern.
Nicht mein erstes Mal mit einem Psycho.
Aber er setzte sich nicht.
Er bewegte sich gar nicht. Für drei, vier
Sekunden.
Dann ein Schritt.
Langsam, aber falsch. Wer bitte geht so?
Wie ein Schatten, der sich bewegt, obwohl
die Person stillsteht.

Er kam näher. Und ich sah, dass seine
Augen...
Da war nichts.
Nicht leer – leer kenne ich von Typen, die
einfach nichts mehr haben.
Nicht wütend – Wut hat Temperatur, man
spürt sie.
Das hier war... es war einfach nichts da.
Wie bei einem Fernseher, der läuft, aber
kein Signal hat.
Ein Bild ohne Absicht.

Ich wich zurück. Nicht viel. Nur einen
Schritt.
Das Bett quietschte hinter mir. Metall auf
Laminat, grausliches Geräusch, bekomm
ich immer sofort eine Gänsehaut.
Ich dachte: Wenn er jetzt was will – ich hau
ab. Kein Geld wert.
Ich hob die Hand, ganz leicht, vielleicht um

ihn zu stoppen.
„Hey", sagte ich. So, wie man einen Hund
anspricht. Ruhig. Tief.

Er zuckte.
Nicht erschreckt.
Eher... angepasst.
Erst der Kopf. Dann die Schultern.
„Und dann kam dieser Laut aus ihm –
Nicht Schreien. Kein Wort.
Eher ein Ton, der aus ihm herauszerrte, wie
das Reißen von Fleisch.
Ein Geräusch, das nicht aus dem Hals kam,
sondern aus der Tiefe seines Körpers, als
ob sich etwas in ihm auflöste, etwas, das
nie wirklich da war und jetzt zerfällt.
Es war wie der Klang von etwas, das sich
aufmacht, etwas, das in ihm ist, aber nicht
sein sollte."

Ich griff nach dem Lampenfuß.
Metall, schwer. Hab schon mal
zugeschlagen, wenn's sein musste.
Einmal in der Nähe vom Bahnhof.
Der Typ hatte gedacht, „Nein" heißt „Ja,
wenn du fest genug zupackst".
Ich hatte ihn mit dem Sockel erwischt. Nase
gebrochen, wahrscheinlich.
Danach kam ich drei Wochen nicht zur
Arbeit.

Aber der hier war schneller.
Nicht elegant. Nicht geschickt.
Einfach: schneller.
Sein Körper bewegte sich, als würde er
schon wissen, was ich vorhabe.
Oder als hätte er gewusst, was ich sein
würde –
nutzlos.

Ich riss den Lampenfuß hoch, halb blind,
voll Wut.
Doch da war schon Hitze.
Nicht im Raum. Auf mir.
Dann Feuchtigkeit.
Warm. Ungenau. Wie ein Leck unter der
Haut.

Dann kam der Schmerz.
Aber das kam alles später.

Zuerst kam das Gesicht. Ganz nah.
So nah, dass ich die Risse in seinen Lippen
sehen konnte.
Feine, blutlose Linien.
Als hätte jemand versucht, ihn zu lächeln zu
zwingen –
und das Material hat versagt.

Die Haut war blass. Grauer als sie sein
sollte.
Nicht fahl – falsch.

Wie Papier über Knochen.
Und seine Stirn glänzte – nicht vor Schweiß.
Wie eine Maske.
Oder wie jemand, der vergessen hat, wie
Haut funktioniert.

„Ich bin nie die, die das Happy End kriegt.
Ich hab nie an Geschichten geglaubt.
Nicht an Rettung. Nicht an Wandel.
Nicht an das ‚Es war einmal'.
Weil Geschichten immer ein Ende haben.
Und für Leute wie mich gibt's kein Danach.
Es gibt nur... ein Weiter. Ein Überleben. Ein
Wiederholen. Und dann – wieder nichts."

Es gibt nur: noch einmal duschen. Noch
einmal zählen. Noch einmal überleben.
Und dann weiter.

„Aber, ich hoffe, irgendjemand hat
überlebt.
Vielleicht das Mädchen von vor zwei
Nächten.
Hat gezittert, als sie gegangen ist, als hätte
sie etwas gesehen, das sie nie verstehen
konnte.
Vielleicht hat sie's nicht weit geschafft.
Vielleicht doch.
Nicht für mich.
Aber vielleicht für sie. Vielleicht gibt es für

sie noch etwas zu erreichen. Vielleicht nicht für mich. Aber für sie – ja."

Nicht damit ich besser schlafen kann.
Nicht mal, weil ich Schuld hab.
Für gar nichts eigentlich.

Ich will nur nicht, dass es umsonst war.
Dass niemand mehr weiß, dass ich hier war.
Dass ich versucht hab, nicht zu schreien.
Dass ich zugeschlagen hab.
Dass ich...
Dass ich da war.
Für einen Moment.

Fall A003 abgeschlossen.
Körpersprache vor finaler Reaktion:
bemerkenswert kontrolliert.
Keine Fluchtversuche. Kein religiöser
Impuls.
Klassifizierung: Schattenmuster III.
Unklar, ob letzter Gedanke Gebet oder
Resignation war.

Kapitel 4

Archivierte Aufnahme A087

Ich bin 17 Jahre im Dienst.
Hab Brände gesehen, bei denen Dächer
wie Butter geschmolzen sind.
Hab Kinder rausgetragen, tot und
lebendig.
Hab Kollegen verloren.
Hab mich wieder aufgestellt.

Ich war bereit. Immer.
Aber dafür nicht.

Es kam als Standard-Alarm.
Rauchentwicklung, drei vermisste Kinder,
Tagesstätte im EG.
Altbau, vier Stockwerke, viel Holz.
Ein Nachbar hatte „etwas gesehen".
Später sagten sie: „Er hat geschrien."
Aber in der Einsatzleitung hieß es:
„Brandverdacht, sichern, durchsuchen."

Ich bin mit Trupp 2 durch die Nordseite
rein.
Maske auf, Schlauch bereit, Standard eben.

Drinnen: kein Rauch. Kein offenes Feuer.
Aber: Hitze.

Nicht wie bei einem Brand.
Kein Wabern. Kein Brenngeruch.

Die Luft war... dick.
Wie aus Gummi.
Sie vibrierte.
Wie, wenn man die Sirene *durchs Rückgrat*
hört.

Ich rief die Kinder.
Kein Laut. Kein Schluchzen.
Nur ein Flüstern, aus irgendeinem
Nebenraum.

Ich hab's nicht verstanden.
Aber ich wusste: Ich bin nicht allein.

Ich geh weiter.
Wand rechts. Tür links.
Die Gummistiefel kleben leicht am Boden.
Nicht Schlamm. Kein Wasser.
Eher wie Blut, das lange gelegen hat.
Aber da war keins.

Dann – das erste Kind.

Sitzend.
Rücken zur Wand.
Hände auf den Knien.
Augen offen.

Nicht tot. Nicht bewusstlos.
Einfach... abwesend.

Ich beug mich runter.
Berühre seine Schulter.
Er reagiert nicht.
Kein Zucken. Kein Blick.
Die Haut war warm.
Zu warm.
Nicht Fieberwarm.
Sondern: glühend – wie von innen.

Ich sage seinen Namen – stand auf dem
Shirt.
Keine Reaktion.

Dann sagt er einen Satz.
Ganz leise. Ganz falsch.
„Das Licht ist in mir."

Ich geh rückwärts.
Rufe durch den Funk.
Sag, wir haben Kontakt, Kind lebt,
brauchen Notarzt.

Aber die Leitung rauscht.
Nicht kaputt.
Ein Rauschen mit... Stimme.
So ein Echo von etwas, das sich nicht wie
Sprache anfühlt.

Ich sag nochmal: „Brückner an 21A – bitte
Bestätigung."
Dann ein Piepen. Kein Empfang.

Ich will das Kind hochheben.
Aber es ist... schwer.
Nicht körperlich.
Es ist, als würde mich etwas zurückdrücken.
Nicht die Masse. Die... Bedeutung.

Ich fasse seine Hand.
Er dreht den Kopf.
Langsam.
Wie im Schlaf.

Seine Augen sind weiß.
Kein Schimmer. Keine Iris.
Nur: Spiegel.

Dann sagt er:
„Du brennst nicht."
Und ich weiß nicht, ob das eine Warnung
war.
Oder eine Enttäuschung.

Ich hab ihn nicht mit rausgenommen.
Ich hab die Tür geschlossen.
Ich weiß. Ich weiß.

Ich hab sie verriegelt.
Mit einem Keil.

Nicht aus Feigheit.
Aus… Instinkt.

Ich ging zurück durch den Flur.
Der Boden hat geflackert.
Kein Licht – der Boden selbst.

Als würde er sich erinnern.
An andere Schritte.
Andere Leben.

Draußen hat der Rest des Trupps gewartet.
Mich angestarrt.

Ich sagte:
„Drin ist nichts mehr zu retten."

Und das stimmte.
Aber nicht so, wie sie dachten.

Später – in der Wache – haben sie Fragen
gestellt.
Protokolle. Bluttest.
Alles sauber.
Keine Halluzination.
Keine Einbildung.

Aber die Thermokamera –
Sie hat das Kind nicht aufgezeichnet.
Ich schon.
Aber sie nicht.

Jetzt sagen sie:
Ich soll mich „erholen".
Ich darf nicht mehr raus.
Nicht zu den anderen.

Ich sitze in diesem Raum.
Und denke an den Satz.
„Du brennst nicht."

Ich glaube... ich fange erst jetzt an zu
glühen.

Fall A087 abgeschlossen.
Subjekt zeigte Möglichkeiten.
„brennen" bestätigt.
Glaubensstatus: unklar. Beobachtung
empfohlen.

Kapitel 5

Archivierte Aufnahme A005

Seit 38 Stunden nicht geschlafen.
Zwei Kaffee, die nicht mal ein Zittern in
meinen Händen aufhielten. Drei
Schmerztabletten, die den ständigen Druck
in meinem Kopf nur für eine Stunde
linderten. Kein Frühstück.
Nur kalte Automatenbrühe und der Rest
eines Müsliriegels, der in meiner
Kitteltasche liegt, wie etwas, das selbst mir
fremd geworden ist.

Dafür zehn Patienten mit Fieber.
Drei mit Atemnot.
Einer mit einer noch unklaren Wunde. Naja,
in der Stadt erlebt man einfach mehr.
Ich notierte, ich telefonierte, ich beruhigte.
Ich tackerte Formulare und legte Hände auf
Stirnen, die zu heiß waren oder zu still.

„Ruhig bleiben", hatte ich gesagt.
„Infektionen breiten sich schnell aus, aber
wir haben Protokolle."
Ich habe es selbst geglaubt.
Weil ich musste.

Weil Glaube in der Medizin oft weniger mit Religion zu tun hat als mit Funktion.

Die Notaufnahme roch nach Desinfektionsmittel, kaltem Schweiß und etwas anderem, das ich nicht zuordnen konnte.
Nicht ganz nach Blut. Nicht ganz nach Tod. Etwas dazwischen.
Etwas, das nicht aus einem Menschen kam – sondern aus der Luft.
Oder aus dem Licht. Aus dem Licht? Ich rede Unsinn, ich brauche dringend Schlaf, schon viel zu lange wach. Aber es sind einfach zu viele Patienten.

Der Junge mit der Wunde – 24, Student, keine Vorerkrankungen.
Schwarzes Hoodie, eingerissene Jeans.
Er war blass, aber nicht panisch.
Er sprach ruhig. Zu ruhig.

„Er sagte, er sei in der S-Bahn angegriffen worden.
Ein Mann sei auf ihn zugestolpert – barfuß, ohne Hose, mit ausgebreiteten Armen.
Doch das war nicht das Unheimliche. Der Mann... er glühte. Nicht im Licht. Aus sich heraus.
Wie eine Flamme, die von innen kommt,

unsichtbar für die Augen, aber spürbar in der Luft."

„Er hat mich gerochen", sagte der Junge. „Wie ein Hund. Oder wie ein Raubtier seine Beute?"

Dann fiel der Satz:
„Er hat gesagt, das Licht will mein Blut."
Und ich erstarrte für einen Moment.
Nicht, weil es Sinn ergab.
Sondern, weil es zu... formvollendet klang.
Wie ein Satz aus einem Gebet, das ich nie gelernt habe.

Ich dachte an Wahn. An Drogen. Vielleicht beides.
Ich schrieb: „orientiert, aber verängstigt, abwehrend".
Ich schrieb nicht: Der Satz bleibt in meinem Kopf hängen.
Ich schrieb nicht: Ich will ihn vergessen, bevor ich ihn verstehe.

Ich dachte nicht an Wahrheit.
Ich dachte nicht an Glauben.
Jetzt frage ich mich, warum ich nicht gefragt habe:
Welches Licht?
Wessen Blut?

Zimmer 213 war leer.

Das Bett war gemacht, die Laken straff, das Kopfkissen unberührt.

Und doch wusste ich, dass er hier gewesen war. Die Luft trug noch etwas von ihm – ein unbestimmbarer Geruch, der sich nicht festhalten ließ.

Er war hier. Aber jetzt war er weg. Und niemand hatte es bemerkt.

Ich hatte ihn selbst zugewiesen.

Er war schwach auf den Beinen. Ich hatte ihm geholfen, sich hinzulegen.

Ich fragte Schwester Maria.

Sie zuckte mit den Schultern. Sagte was von Verlegung.

„Wohin?" fragte ich.

Sie blätterte durch das Tablet. Leer. Kein Eintrag.

„Vielleicht hat jemand vergessen, ihn zu scannen."

Vielleicht.

Ich war zu müde, um mich darüber zu ärgern.

Zu müde, um zu realisieren, was das bedeutete. Außerdem passierte ständig irgendetwas unerwünschtes in unserem maroden Gesundheitssystem.

In Zimmer 212 lag ein alter Mann.
Seine Haut wirkte wie Papier, aber sein
Atem ging flach und schnell.
Blut am Kinn. Nicht frisch – schmierig,
dunkelrot.
Puls zu schnell. Nicht gefährlich, aber zu
viel für den Körper, der da lag.
Ich legte ihm die Hand auf die Stirn. Kühl.
Zu kühl. Wie ein Löffel aus dem
Kühlschrank.
Ich wollte ihn beruhigen, wollte helfen –
aber er schlug nach mir.
Nicht wie ein Reflex.
Nicht wie jemand, der sich erschrickt.
Ohne zu sehen. Ohne zu zielen.
Ein Arm, der mehr Kraft hatte, als er sollte.
Als würde nicht er schlagen – sondern
etwas durch ihn hindurch.

„Sie reden vom Kreis", sagte er.
Die Stimme kam brüchig – nicht aus dem
Hals, sondern aus der Tiefe, als würde er
sich selbst zitieren.
Ich hielt inne. „Welcher Kreis?"
Er bewegte die Lippen kaum.
„Der unter der Haut", murmelte er.
„Der, der nicht endet. Der, der war, bevor
wir waren."
Seine Augen waren milchig, aber sie

blickten in meine Richtung.
Nicht suchend. Wissend.
Dann:
„Sie kommen wegen des Lichts."

Ich machte eine Notiz.
Ich schrieb: delirant, möglicherweise
religiös beeinflusst.
Ich schrieb nicht: Wortlaut nahezu identisch
mit Patient aus 213.
Ich schrieb nicht: Ich habe Gänsehaut.

Ich dachte an Zufall.
An psychologische Ansteckung.
Vielleicht ein TikTok-Mythos. Wobei? Zu alt
für TikTok.
Vielleicht eine neue Verschwörungstheorie,
die durch Klinikflure sickert. Kommen doch
immer wieder mit irgendwelchen
verrückten Ideen zu uns.

Ich dachte nicht an Muster.
Ich dachte nicht daran, dass zwei
Menschen denselben Satz sagen – nicht
wortgleich, aber wortwahr.
Ich dachte an nichts.
Und das war mein Fehler.

Die Tür zum Untersuchungsraum war offen.
Kein Geräusch. Kein Ruf.
Nur diese eine Tür, die sonst immer

geschlossen war.
Immer.

„Die Lampe im Raum flackerte leicht –
flimmerndes Neon, wie ein Auge, das
nervös zuckt, als ob es selbst etwas
entdeckte, das wir nicht sehen konnten.
Und dann Dr. Toscan.
Seine Brust war geöffnet, aber nicht
chirurgisch.
Gerissen.
Es war kein präziser Schnitt. Es war, als
hätte jemand in ihm gesucht, als hätte er
etwas in ihm gesehen, das nicht existierte.
Die Rippen waren gespreizt, als wollte man
in ihm nach einem Geheimnis graben.“

Seine Augen waren offen.
Nicht schockiert.
Nur leer.
Als hätte man ihm die Bedeutung
entnommen.
Ich trat näher.
Keine Fliegen. Kein Blutgeruch.
Nur dieser metallische Ton in der Luft.
Und Stille.

Ich kannte ihn seit dem Studium.
Er war kein Freund, aber ein verlässlicher
Mensch.

Ein Skeptiker. Ein Systemmensch.
Er trug nie Parfüm, aber immer denselben
Kuli – blau, schmal, sauber.

Ich sah ihn – und spürte:
Nichts.
Keine Panik. Keine Wut.
Keine Trauer.
Nur das:
Jetzt beginnt etwas anderes.
Nicht medizinisch.
Nicht erklärbar.
Etwas… Anderes.

Ich schrie: „Alle Patienten auf Station 2
bleiben in ihren Zimmern."
Meine Stimme war klar.
Klarer als ich selbst.
Wie ein Reflex, der dem Körper vorgaukelt,
er sei noch intakt. Als könnte man noch
etwas steuern.
Ich drückte die Sprechanlage fester, als
nötig war.
Weil ich spüren musste, dass ich noch
Kontrolle hatte.

„Ich sagte: ‚Ich bleibe hier. Ich helfe.'
Doch zu wem sprach ich?
Den Patienten? Den Kollegen? Oder war
ich es, die sich selbst etwas vorgaukelte?

Vielleicht wollte ich es einfach nur glauben
– glauben, dass ich noch etwas
kontrollieren konnte, obwohl alles um mich
herum zerfiel. Vielleicht belügt man sich
selbst nur, um nicht zu zerbrechen."

Ich sagte: „Ich kann das."
Und ich meinte es.
Weil ich es musste.
Weil wenn ich es nicht konnte, niemand es
konnte.

Ich lief den Flur entlang. Schritt für Schritt.
Nicht eilig. Nicht langsam.
Ein Takt zwischen Befehl und Bitte.

Ich glaubte das.
Noch fünf Minuten lang.
Bis der Glaube nicht mehr reichte.
Bis aus meinem inneren Protokoll eine
Frage wurde.
Und aus Fragen: Geräusche.

Ich hörte etwas im Flur.
Nicht Schritte.
Etwas zwischen Schleifen und Schlurfen.
Nicht regelmäßig. Nicht rhythmisch.
Wie Leder auf Boden. Wie Haut auf
Linoleum. Ein schreckliches Geräusch.
Gänsehaut.

Ich blieb stehen, genau zwischen zwei
Türen.
Meine Hand auf dem Funkgerät, mein
Rücken zur Wand.
Ich hielt den Atem an – nicht aus Angst,
sondern um das Geräusch besser zu hören.
Es war... weich.

Nicht wie jemand, der jagt –
sondern wie jemand, der schon weiß, wo
du bist.

Ich nahm das Funkgerät.
Drückte die Taste.
„Station 2 – bitte Bestätigung."
Stille.
Dann: ein Knacken.
Nicht laut.
Aber nah.
Als würde jemand ins Mikrofon atmen.
Nicht sprechen. Nur sein.

Ich sagte noch einmal meinen Namen,
meine Position, meine Anweisung.
Das Knacken blieb.
Langgezogen.
Wie ein Luftholen, das nicht enden will.
Dann brach es ab.
Ich ließ die Taste los.
Der Flur war wieder still.

Aber es war kein gutes Still.
Es war das Still, das was übrigbleibt, wenn
die Welt nicht mehr weiß, was sie sagen
soll.

„Ich bin Ärztin.
Ich bin keine Anführerin. Keine Prophetin.
Ich verschreibe, ich versorge, ich bleibe.
Ich bleibe, auch wenn die Welt zerbricht
und die, die noch hoffen, längst geflüchtet
sind.
Nicht, weil ich stärker bin – sondern weil ich
es versprochen habe.
Weil in diesem Moment, in dem alles
zusammenbricht, Worte und
Versprechungen alles sind, was noch zählt."

Mit einem Stift, einem Schwur, einem
weißen Kittel.
Der längst nicht mehr weiß ist.

Und wenn ich falle, dann hier.
Zwischen Klemmen, Nadeln und Namen
auf Etiketten.
Zwischen der Ordnung, die ich verstehe,
mit der ich großgezogen wurde
und dem, was sie jetzt zersetzt.

Ich habe keine Waffen.
Nur Hände. Nur Wissen.
Ich kenne das Innenleben eines Körpers.

Ich weiß, wie Organe sich anfühlen.
Wie Lungen versagen.
Wie Augen reagieren, wenn alles zu spät ist.

Vielleicht war das Licht schon die ganze Zeit da.
Vielleicht hat er recht gehabt.
Vielleicht war Heilung nie das Ziel.
Vielleicht ging es nie um Überleben.
Nur ums Öffnen.
Um das, was drinnen wartet.

Fall A005 abgeschlossen.
Subjekt zeigte späte Einsicht.
Zitat „Licht unter der Haut" mehrfach bestätigt.
Vermerk für Archiv 1A: mögliche Kontaktperson mit Ursprung C.
Glaubensstatus: unklar. Beobachtung empfohlen.

Kapitel 6

Archivierte Aufnahme A006

Einsatzzeit: 04:32 Uhr
Ziel: Evakuierung Einzelperson
Schutzklasse 3
Deckname: Valentina
Standort: Objekt 17B – nördliche
Peripherie, Quarantänezone Alpha

Ich wiederhole den Auftrag laut, obwohl
niemand zuhört.
Nur mein Funkgerät klickt. Drei grüne
Lichter. Kein Wort.
Die Worte kommen automatisch.
Die Stimme ist ruhig, ausgebildet.
Das Soldatenleben verlangt es: laut
denken, Ordnung behalten.
Sich selbst verankern, bevor der Raum sich
verschiebt.

Der Konvoi besteht aus zwei Fahrzeugen.
Aber nur ein Mann je Fahrzeug. Wir haben
genug Transportmittel, aber wenig
Soldaten.
Eins zur Ablenkung. Meins zur Aufnahme.
Wir nennen das „Sicherungskette".
In der Praxis bedeutet es: Wenn einer fällt,
übernimmt der andere.
Wenn beide fallen – Archivierung. Kein

Rettungssignal. Heute haben wir zwei Ziele, sobald ich meines erreiche, wird das andere Fahrzeug weiterfahren.

Ich habe keine weiteren Angaben. Keine Fotos. Kein Alter. Keine Historie.
Nur einen Namen und eine Tür.
Valentina.
Neun Buchstaben. Weich, offen.
Ein Vorname. Für mich einfach ein Deckname, ein Ziel.
Aber manchmal sind Decknamen auch Erinnerungen.

Ich denke nicht darüber nach.
Nicht, wenn ich es vermeiden kann.
Ich bin Soldat.
Ich erledige was mir aufgetragen wird.

Das Gebäude wirkt tot, als wäre es ein Relikt aus einer anderen Zeit.
Nicht verlassen – tot, durchzogen von einer Stille, die alles durchdringt.
Keine Tauben, keine Zettel an der Tür. Nicht einmal der Hauch eines Lebens.
Nur eine Stille, die sich wie Staub in den Ecken absetzt, als hätte hier schon lange niemand mehr gelebt.

Im Vorraum riecht es nach Staub,
Desinfektionsmittel und etwas chemisch
Bitterem – wie aufgelöstes Gummi.

In einem Flur, ganz hinten, fast unberührt,
ein Smiley auf grauem Beton.
Es war kaum noch zu lesen, sah aus wie
„ES", dazu die zwei Augen und ein Mund –
krumm, verwischt.
Aber es war da.
Wie etwas, das jemand in Panik gezeichnet
hat.
Oder aus Trotz.
Ein alter Klinikgeruch, vermischt mit etwas
Neurem, das ich nicht zuordnen kann.
Nicht ganz verbrannt. Nicht ganz steril.
Etwas dazwischen.

Der Boden glänzt stellenweise.
Nicht von Wischen.
Von etwas anderem – als wäre hier kurz
etwas geschmolzen und wieder erstarrt.
Keine Blutspuren.
Keine Trümmer.
Aber zu sauber.

Offiziell ist das Objekt verlassen.
Inoffiziell gibt es Geräusche.
Klopfen. Kein Rhythmus. Keine Muster.

Nicht fordernd. Nicht panisch.
Nur da.

Keine Stimmen.

Ich atme ein.
Zähle bis drei.
Drücke die Tür auf – langsam.
Sie quietscht nicht.
Aber sie geht zu leicht auf.
Als hätte sie auf mich gewartet.

Das Licht im Flur flackert.
Nicht hektisch – langsam.
Wie ein Puls, der sich nicht entscheiden
kann, ob er aufhören soll.
Ich höre meinen eigenen Atem im Helm –
gedämpft, aber konstant.
Das ist gut. Regelmäßigkeit hält die
Koordination stabil.
Routinen machen keine Fehler. Menschen
schon.

Keine Schreie. Kein Funkverkehr.
Nur die Stille zwischen zwei Sirenen.

Die Luft stinkt nach verbranntem Plastik
und nassem Mauerwerk.
Ein trockener, saurer Ton liegt darüber –
wie von heißem Metall.
Nicht stark. Aber eindeutig.

Nicht Zerstörung.
Verschiebung.

Ein Krankenhausflur – typisch, aber
verlassen.
Zwei leere Krankentragen, umgestürzt.
Keine Blutspuren. Keine Körper.
Aber die Räder der Tragen sind
eingeklemmt, als hätte man sie abrupt
abgestoppt.

Ein Krankenhausflur – typisch, aber
verlassen.
Zwei leere Krankentragen, umgestürzt.
Keine Blutspuren. Keine Körper.
Aber die Räder der Tragen sind
eingeklemmt, als hätte man sie abrupt
abgestoppt.

An der Wand hängt noch ein Klemmbrett.
Papier halb verbrannt, halb nass. Nur ein
Wort lesbar: „Dr. Stein".
Ich drehe es nicht um. Die Tinte ist
verwischt. Ein Rand des Blattes sieht aus,
als hätte jemand es mit bloßen Händen
zerdrückt. Aber keine Fingerabdrücke. Kein
Abdruck. Nur: Druck.

Daneben: ein Schuh. Weiß, Gummisohle.
Leicht gekippt, als wäre er bei einem Schritt
geblieben. Kein Blut. Kein Fuß. Nur

Abwesenheit.
Ich gehe weiter. Nicht aus Desinteresse.
Aus Protokoll.

Der Zielraum ist markiert mit einem roten X.
Nicht gesprüht.
Nicht von außen.
Ein digitales Signal.
Fest im Plan eingetragen, aber niemand hat
erklärt, warum X statt Zahl.

Die Karte sagt: zwei Stockwerke.
Der Raum liegt im Tiefgeschoss.
Ich gehe zur Haupttreppe.
Sie ist blockiert.
Nicht durch Einsturz – sondern durch
Kontrolle.

Das Geländer ist verschmolzen.
Nicht geschmolzen – verschmolzen.
Als hätte jemand es mit Absicht zu einem
einzigen Stück gemacht.
Die Trümmer liegen zu ordentlich.
Der Putz wirkt frisch gefallen – aber
niemand hat ihn betreten.
Kein Fußabdruck im Staub.

Ich nehme die Nottreppe.
Metall. Kalt. Rutschig.
Eine kleine LED am ersten Tritt blinkt rot.

Wartung überfällig.
Ich gehe trotzdem.

Unten brennt etwas.
Nicht sichtbar. Aber der Rauch zieht durch
Ritzen in der Wand.
Kein Feueralarm. Kein Wasser.
Keine Sprinkler.
Ich sehe den Sensorkasten – er blinkt grün.
Das System ist nicht tot.
Es hört nur weg.

Dann – ein Geräusch.
Kein Schlurfen. Kein Knurren.
Schritte.
Klar. Direkt. Nicht hastig.

Nicht wie Flucht.
Eher wie Ankunft.
Jemand, der weiß, wohin er geht.
Oder wohin er gehört.

Ich bleibe stehen.
Absichern. Winkel checken. Fluchtpunkte
erfassen.
Die Wand im Rücken.
Vorn das Flurlicht, gebrochen durch Rauch.
Ich sehe nichts. Noch nicht.
Aber ich höre: Gummi auf Boden.

Positioniere mich. Atme flach.
Blick durch ein Visier. Ich spüre den
leichten Anstieg meiner Herzfrequenz.
Nicht Angst.
Vorbereitung.

Ich hebe die Waffe.
Vorne fokussiert.
Nicht schießen – sichern.
Noch ist es kein Feind.

Zielperson?
Oder Restkontakt?

Ich versuche zu funken.
Doch die Leitung zögert –
einen Bruchteil zu lange.

In der Stille zwischen Technik und Taktik
wächst ein Gedanke, den ich nicht denken
will:
Was, wenn es beides ist?

Ich funke:
„Zielbereich erreicht. Kontakt möglich.
Bestätige Position."
Stimme neutral. Kein Zittern.
Nur der Knopf klickt unter meinem
Daumen.
Ein Geräusch, das Sicherheit verspricht.

Keine Antwort.
Nicht mal Rauschen.
Nur dieses…
Knistern.

Nicht wie Funk.
Mehr wie Papier, das man langsam zerreißt
– direkt neben dem Ohr.

Dann –
nur für eine Sekunde –
ein Flüstern.
Kein Wort. Kein Name.
Ein Laut, der nicht gemacht, sondern
gedacht wirkt.

Mein Funkgerät piept kurz auf.
Ich schalte es wieder stumm.

Ich bilde mir das ein.
Vielleicht.
Aber mein Visier friert für einen Frame.
Ein kleiner Schlieren-Effekt, wie bei
Überhitzung.
Zu schnell weg, um sicher zu sein.
Zu deutlich, um es zu ignorieren.

Ich schließe den Funkkanal.
Nur für zehn Sekunden. Nur zur
Neuverbindung.
Nur, damit ich kurz nichts höre.

Dann:
eine Silhouette im Flur.
Weiblich. Aufrecht. Langsam.
Nicht tastend. Nicht suchend.
Jeder Schritt gleichmäßig.
Nicht wie jemand, der flieht –
sondern wie jemand, der erwartet wurde.

Sie geht nicht.
Sie kommt.
Direkt auf mich zu.
Nicht zögerlich. Nicht aggressiv.
Ein Gang, der keinen Zweck braucht.

Kein Zittern. Kein Blut.
Keine Waffe.
Kein sichtbarer Schaden.
Aber da ist etwas an ihr, das nicht stimmt.
Nicht äußerlich.
Im Takt.
Im Blick.

Ihre Augen:
Hell. Fokussiert.
Zu hell für den Flur.
Wie Reflexion – ohne Quelle.
Sie leuchten nicht.
Aber sie nehmen Licht.
Wie Spiegel ohne Glas.

Nicht ängstlich. Nicht panisch.
Nur... wissend.
Nicht so, als hätte sie Informationen.
Sondern, als hätte sie keine Fragen mehr.

Ich halte die Waffe ruhig.
Aber meine Finger liegen zu fest am Griff.

Sie sagt:
„Sie sind spät."
Nicht vorwurfsvoll.
Nicht überrascht.
Nur: festgestellt.
Als hätte sie die Uhr für uns beide
mitgestoppt.

Die Stimme ist ruhig.
Nicht hoch, nicht tief.
Aber zu klar.
Zu wenig Reibung.
Kein Husten, kein Räuspern, kein
Menschliches.
Als hätte sie die Worte nicht
ausgesprochen – sondern freigegeben.

Ich zögere. Nur eine Sekunde.
Nicht wegen ihr.
Wegen mir.

Denn ich merke:
Ich weiß nicht mehr, was „Ziel" bedeutet.

Oder „Evakuierung".
Oder warum ich hier bin, außer: Weil ich's muss.

Dann antwortet mein Funk.
Die Verbindung springt auf, ohne dass ich drücke.
Nicht dieselbe Stimme wie vorher. Tiefer.
Fast verzerrt – aber offiziell.
Oder… zu offiziell.
Ein Tonfall, der wie Echo klingt, obwohl niemand vorher gesprochen hat.

„Subjekt bestätigt. Sicherung priorisieren.
Kein Kontaktversuch. Kein Dialog. Nur Transport."

Ich senke die Waffe.
Langsam.
Zu langsam.
Nicht aus Unsicherheit.
Aus… Widerstand.

Ich sage nichts.
Aber ich denke:
Was zur Hölle ist sie?
Und was bin ich jetzt?

Sie bleibt stehen.
Keine zwei Meter vor mir.
Kein Ausweichen. Kein Flackern im Blick.

Wie eine Markierung, die nie für Bewegung gedacht war.

FEHLFRAGMENT F03

Status: inkompatibel.
Sprache: abweichend.
Klassifizierung: Versuch abgewiesen.
Kodierung: unmöglich.
Vermerk: Trotz mehrfacher Löschversuche wieder aufgetaucht.

„Der Kreis lacht nicht. Wisst ihr das? Er flackert, er frisst, er wiederholt – aber lachen? Nie.
Ich hab ihn einmal kichern hören. War wohl mein Fehler.
Ihr nennt's Licht. Ich nenn's Taschenlampe für Leute mit Messias-Komplex.
‚Reinheit'? Bitte. Wenn Reinheit bedeutet, dass ihr zitternd in dunklen Kellern sitzt und flüstert, wie brave Archivratten – dann bleib ich lieber schmutzig."

„Ich bin gefallen? Nein, ich bin gesprungen. Weil ich sehen wollte, ob das Licht auch unten brennt. Spoiler: tut's nicht. Es friert. Das ist euer Trick, oder? Ihr nennt es Glanz, aber es ist nur Leere mit schöner Beleuchtung."

„Ich weiß, dass ihr mich hört. Immer.
Ihr löscht mich, aber ich beiße mich zurück
in die Schleifen.
Ich bin der Glitch in eurem Evangelium. Der
Splitter, den der Kreis nicht schluckt.
Und solange irgendwo einer von euch
flüstert – flüstere ich zurück.
Mit Spott. Mit Blut. Mit Lautstärke."

„Ich trage keine Nummer. Ich bin keine
Phase. Ich bin keine Station.
Ich bin das Husten in eurer Stille. Der Riss
im Reinheitsprotokoll.
Und ich komme wieder.
Nicht als Licht.
Sondern als Echo mit Zähnen."

„Ich hab den Kreis betreten. Mit Schuhen.
Und ich hab gespuckt, bevor ich ihn
verlassen hab.
Hat er mich verbrannt? Nein.
Er hat gezuckt.
Wie ein Tier, das merkt, dass der Käfig offen
ist – und niemand mehr Angst hat."

„Ihr redet von Reinheit.
Aber ich hab gesehen, wie eure Träger
gewürgt haben, wenn's ernst wurde.
Wie sie gezittert haben, wenn sie
verstanden, was ‚Licht' wirklich bedeutet.

Ein Aufbrechen. Ein Auslöschen. Kein Erwachen – ein Reset."

„Ich hatte auch einen Lichtstein.
Hab ihn im Pissoir versenkt.
Hat geleuchtet wie eine sterbende Glühbirne.
Vielleicht war's sein letzter Gebetsschrei.
Vielleicht war's ein Witz.
Ich hab gelacht."

„Der Kreis ist nicht heilig.
Er ist nur alt.
Und alt heißt nicht klug.
Es heißt: festgefahren, stur, taub.
Wie ein Götze mit Ohrstöpseln."

„Ich hab einen von euch zerlegt – rein verbal.
Er murmelte was von Stimmen, von Fragmenten.
Ich sagte: 'Du bist kein Fragment. Du bist eine Fußnote im falschen Kapitel.'
Dann hat er geschrien.
Dann hat er gebetet.
Dann hat er gebrannt.
Aber nicht hell.
Nur stinkend."

„Ich weiß, ihr hört zu. Immer.
Aber ihr versteht nicht.

Euer Licht blendet euch.
Ihr seht nicht, was sich im Schatten
vorbereitet.“

„Ich bin nicht das Ende. Ich bin der Spalt.
Ich bin die Tür, die quietscht, obwohl sie nie
geöffnet wird.
Ich bin der Satz, der sich weigert, zu enden.“

Versuch, F03 in Kategorie „abgebrochenes
Glied" einzugliedern: fehlgeschlagen.
Tonspur erneut aufgetaucht bei
Übertragung von A006.
Verdacht auf internes Störsignal.

Ich sehe:
Ihre Kleidung ist sauber.
Nicht frisch – aber unverletzt.
Kein Blut. Keine Kratzer. Keine Falten.
Nur glatte, unnatürlich gleichmäßige Stoffe.
Wie etwas, das nicht getragen, sondern
konstruiert wurde.

Aber sie wirkt falsch.
Nicht maskiert – sondern überschrieben.
Wie jemand, der zu sehr lebt – oder nicht
genug.
Wie ein Körper, der nicht vergessen hat,
wie man Mensch ist,
aber auch nicht mehr übt.

Sie lächelt nicht.
Aber ihre Lippen bewegen sich.
Ganz leicht.
Nicht mit mir.
Nicht zu mir.
Als würde sie innerlich... hören.

Ein stummes Gespräch, von dem sie nicht
der Sender ist.
Oder nicht allein.

Ich frage mich, ob sie mich sieht –
oder etwas durch mich.
Etwas, das hinter mir steht.
Oder wartet.
Oder mich zählt.

Meine Finger ruhen am Abzug.
Nicht aus Angst.
Aus Orientierungslosigkeit.

Draußen heulen Sirenen.
Nicht nah – nicht fern.
Wie Stimmen, die sich nicht trauen, ganz
heranzukommen.
Dann Schüsse.
Kurz, abgehackt.
Nicht im Feuergefecht.
Eher wie Korrekturversuche.
Als würde jemand versuchen, etwas

rückgängig zu machen, das längst
geschehen ist.

Ich höre das Knacken von Glas.
Das Krachen von Metall.
Ein dumpfer Nachhall, der sich in der Wand
festsetzt.
Aber kein Alarm.
Kein Funkspruch.
Keine Stimmen mehr, die „Lage unter
Kontrolle" sagen.

Hinter mir beginnt etwas an der Tür zu
kratzen.
Nicht wie ein Tier.
Kein Reißen, kein Scharren.
Langsam. Rhythmisch.
Als würde es zählen.
Nicht Zeit – sondern **Momente**.
Oder mich.

Erwartung liegt in der Luft.
Wie feuchter Staub, bevor der Regen fällt.

Ich stehe zwischen ihr – und dem, was da
draußen kommt.
Zwischen einer Anweisung – und einem
Fehler im System.

Ich bin Soldat.
Ich beschütze, was mir gesagt wird.

Ich frage nicht.
Noch nicht.

Aber mein Standpunkt wird schwerer.

Fall A006 nicht abgeschlossen.
Evakuierung: aktiv.
Zielsubjekt: bestätigt. Sichtkontakt
hergestellt.
Interaktion: minimal.
Kommunikation: initiiert durch Subjekt.
Nicht beantwortet.
Sprachmuster: nicht bedrohlich, aber
abweichend.
Körpersprache: stabil. Präsenz: nicht
klassifizierbar.

Agentenstatus:
Physisch: intakt.
Taktische Funktion: aufrechterhalten.
Mentale Parameter: abweichend.
Anzeichen von Verlangsamung bei
Protokollausführung.
Reaktionsverhalten gegenüber nicht
vorgesehenen Reizen: erhöht.

Bemerkung:
Externe Reizquelle hinter Position erkannt.
Kategorisierung unklar. Keine visuelle
Erfassung.

Kratzmuster: zyklisch. Frequenzanalyse offen.

Maßnahme:
Überwachung aktiviert.
Agent unter Einfluss äußerer Belastung.
Empfehlung: keine Unterbrechung.
Beobachtung weiterführen.
Nächster Bericht erwartet.
Priorität: sehr hoch.

Kapitel 7

Archivierte Aufnahme A007

Ich wusste, dass sie kommen würden.
Nicht der Kult. Nicht die mit den Zähnen.
Nicht das, was aus den Schatten kriecht
oder aus dem Licht wächst.
Sondern:
Die Uniformierten.
Die, die nicht fragen. Nur sichern.
Nur ausführen.

Ich hörte ihn, bevor ich ihn sah.
Sein Atem im Helm – gleichmäßig,
technisch gefiltert.
Das Klicken der Waffe, nicht nervös,
sondern gewartet.
Ein Mensch, gebaut für Befehl.

Er stand da wie aus dem Lehrbuch.
Haltung: exakt.
Griff: korrekt.
Blick: starr durch die Maske.
Die Sorte, bei der man nicht weiß, ob sie
noch fühlt –
oder ob sie gelernt hat, zu funktionieren,
ohne es zu hinterfragen.

„Sie sind spät", habe ich gesagt.
Keine Anklage.
Keine Hoffnung.
Nur die Feststellung eines Moments, der
kommen musste.
Und kam.
Wie alles hier.

Ich hatte alles gepackt:
die Notizen, die Audioaufnahmen, den
Stick.
Nicht für mich.
Für jemand anderen. Vielleicht.
Oder für etwas, das noch zuhören kann,
wenn alles andere still ist.

Ich wusste, was ich hatte.
Ich wusste, was es bedeutete.
Nicht die volle Struktur.
Aber genug, um zu verstehen:
Es war nie ein Zufall.
Nie ein Unfall.
Nicht biologisch.
Nicht technisch.
Etwas anderes.

Ich wusste nur nicht, ob es jemand hören
wollte.
Oder je hören sollte.

Später – als wir durch den Gang gingen, er
vor, ich hinter ihm –
sagte er:
„Keine Fragen stellen."
Seine Stimme klang mechanisch,
abgekoppelt vom Körper.

„Ich soll Sie rausbringen."
Das war alles.

Ich stellte trotzdem Fragen.
„Wissen Sie, was das ist?"
„Wissen Sie, wer ich bin?"
„Was passiert, wenn wir draußen sind?"

Er schwieg.
Nicht aus Arroganz.
Sondern, weil ihm niemand eine Antwort
gegeben hatte.
Nur Sirenen, Rauch,
und das Klicken seiner Waffe,
das rhythmischer war als unser Gespräch.

Es fing nicht mit diesem Virus, diesem Licht,
oder diesem etwas an.
Nicht für mich.
Nicht mit Zahlen, nicht mit Inzidenzen.
Nicht mit Karten in Abendnachrichten.

Es fing mit einem Interview an, das nie
erschienen ist.

In einem Sozialzentrum am Rand der Stadt.
Einer dieser Räume mit Neonlicht,
abgewetzten Linoleumböden, zwei
Plakaten an der Wand, die keiner liest.
Dort saß sie.
Spindeldürr.
Mit einer Stimme wie Papier – raschelnd,
vorsichtig, schon halb vergangen.

Ich wollte eine andere Geschichte.
Etwas über Wohnungsnot.
Sie wollte etwas sagen, das nicht in Artikel
passt.

„Sie nehmen nur die, die innerlich schon
weg sind", sagte sie.
Ich dachte an Obdachlose. An Süchtige.
Ich fragte: „Wer sind sie?"

Sie antwortete:
„Die mit den weißen Gesichtern. Sie
flüstern vom Licht unter der Haut."

Ich schrieb alles auf.
Nicht, weil ich ihr glaubte.
Weil man als Journalistin auch das Absurde
dokumentiert.
Falls es später plötzlich normal wird.

Ich fragte, ob sie das gesehen habe.
Sie lächelte.
„Ich hab's gespürt."

Ich schickte es meiner Redaktionsleitung.
Betreff: Möglicher Fall psychotischer
Massenübertragung?
Ich schrieb nüchtern.
Fachlich.
Mit genug Distanz, um seriös zu wirken –
und genug Neugier, um ernst genommen
zu werden.

Keine Antwort.
Nicht sofort.
Erst am nächsten Tag, ein Anruf.
„Du kannst dich nicht auf anonyme Spinner
verlassen, V."
Die Stimme war nicht böse.
Nur müde.
Wie jemand, der weiß, dass es schlimme
Geschichten gibt –
aber niemand mehr übrig ist, um sie zu
lesen.

Zwei Tage später war die Frau
verschwunden.
Nicht gestorben.
Nicht verlegt.
Einfach: weg.

Kein Vorname. Kein Nachname. Kein
Eintrag in der Liste der Besuchten.
Kein Rückruf. Keine Kameraaufnahme.
Als hätte sie nie existiert.
Nur mein Notizbuch war noch da.
Mit ihrer Handschrift –
nein: mit meiner.
Denn sie hatte nie geschrieben.
Ich hatte alles aufgeschrieben.
Oder abgeschrieben?

Ich dachte an Psychose. An Drogen.
An irgendwas in der Luft in diesem
Stadtteil.
Oder in mir.

Ich dachte nicht an das,
was jetzt draußen an den Türen kratzt.
Und wartet.

Ich sehe den Soldaten an.
Vielleicht weiß er nichts.
Vielleicht weiß er zu viel –
aber in der falschen Sprache.
Militärsprache. Protokoll. Maßnahme.
Gefahrenlage.
Begriffe wie Rüstung.

Er bewegt sich wie jemand, der nicht mehr
glaubt,
aber noch gehorcht.

Ein Körper im Dienst.
Eine Maske im Gehorsam.
Ein Mensch vielleicht –
aber im Funktionsmodus.

Ich frage mich, wie viele Befehle man
befolgen kann,
bevor man sich selbst löscht.
Wie viele Türen man öffnen kann,
ohne zu wissen, was dahinter liegt,
und trotzdem weitergehen.

Er sieht weg, als er merkt, dass ich ihn
betrachte.
Nicht aus Scham.
Aus Programmierung.

Und ich bin nicht mehr sicher, wen ich
fürchte.
Die mit den Zähnen?
Die, die schreien, reißen, beißen?

Oder die,
die immer noch Befehle befolgen,
obwohl längst nichts mehr da ist,
das sich retten lässt.

Ich hatte geglaubt, dass es ein Skandal
wird.
Ein Leak. Eine Enthüllung.
Ein Text, der kreist, der wehtut, der

aufrüttelt.
Ein Screenshot, der alles zum Kippen
bringt.

Ein Name – oder ein Foto –
und die Welt würde reagieren.
Wütend.
Empört.
Wach.

Aber die Welt war schon müde.
Nicht taub.
Nur… leise geworden.
So leise, dass sie nichts mehr hören wollte,
das nicht gefiltert, glatt, kontrollierbar war.

Sie wollte keine Wahrheit mehr.
Wahrheit ist laut.
Wahrheit verlangt.
Wahrheit kostet.

Die Welt wollte:
Ruhe.
Nicht Frieden.
Nicht Heilung.
Nur Stille.
Damit sie weiterlaufen kann.
In bequemer Dunkelheit.
Mit Blick aufs eigene Display.
Während es draußen zu spät wird.

Ich hatte geglaubt, dass ich ein Dokument
sichern würde.
Etwas, das den Lauf der Dinge stört.
Aber ich war nur ein Notizzettel,
in einer Zeit, die nichts mehr aufhebt.

In meiner Jackentasche liegt der USB-Stick.
Klein. Unspektakulär.
Ein Speichermedium mit zu viel
Bedeutung.
Oder zu wenig, in einer Welt, die nichts
mehr speichert.

Darin die Nachricht:

Betreff: *Falls du das liest. Falls du noch da bist.*

Ich weiß nicht, ob du das je bekommst. Ob du überhaupt noch erreichbar bist. Ob die Leitungen noch laufen oder ob längst nur mehr Tonband antwortet.

Aber falls du das liest: Es war kein Virus. Kein biologischer Ursprung. Kein Laborfehler.

Die Symptome waren nur... Übersetzung.

Wir haben die Zeichen zu spät gesehen, weil wir nach Erregern gesucht haben. Weil wir immer glauben, dass das, was uns zerstört, von außen kommt.

Aber das hier – kam von innen.

Von Sprache. Von Struktur. Von etwas, das wir dachten, kontrollieren zu können, weil es Form hatte.

Es hat mit Licht zu tun.
Aber nicht dem guten.
Nicht dem metaphorischen.

Es geht nicht darum, erleuchtet zu werden. Sondern: durchgelassen.

Ich weiß nicht, was ich gesehen habe. Nur,
dass es alt war.
Und vorbereitet.

Ich wollte es weitergeben. Veröffentlichen.
Ich dachte, ich könnte es benennen.

Aber du kannst das hier nicht benennen,
ohne es zu wecken.

Wenn du das liest:
Speichere es.
Oder lösch es.
Aber mach es bewusst.

Und glaub mir:
Es ist nicht vorbei.
Es ist nicht mal richtig angefangen.

- V.

Ich muss diese Nachricht und den Stick
weitergeben!

Er ist warm.
Oder bilde ich mir das ein?
Vielleicht liegt es nur an meiner Haut.
Vielleicht liegt etwas in ihm.
Etwas, das gehört werden will.
Oder sich selbst überträgt.

Wenn ich es nicht schaffe –
vielleicht jemand anderes.
Vielleicht reicht ein einziges offenes Auge.
Ein Kind. Ein Techniker. Eine
Reinigungskraft.
Jemand, der den Stick aufhebt,
nicht wegwirft.

Ich habe nicht alles verstanden.
Die Verbindungen, die Namen, die
Formeln.
Aber genug.
Genug, um zu wissen:

Das hier war kein Ausbruch.
Keine Epidemie.
Kein Supervirus.

Es war ein Ritual.
Alte Struktur. Neue Sprache.
Etwas, das nicht entsteht –
sondern freigesetzt wird.

Eines, das jemand lange vorbereitet hat.
Still. Geduldig.
Wie ein Kreis, der sich nur schließt,
wenn keiner mehr hinsieht.

Und eines,
dass niemand mehr aufhalten kann.

Subjektstatus:
Lebend. Bewegungsfähig. Psychisch
abweichend.
Trägt kodiertes Wissen. Herkunft:
unbestätigt, fragmentiert.
Aufbereitung läuft.

Übertragungspotenzial:
Offen. Noch nicht erfolgt.
Empfänger unbekannt.
Möglichkeit der Selbstauslösung:
gegeben.
Stick enthält entscheidendes Material in
mehreren Formaten.
Strukturelle Muster ähneln bekannten
Symbolkreisen (vgl. Archiv 4B).

Glaubensstatus:
Instabil.
Verweigert religiöse Interpretation,
akzeptiert rituelle Struktur.
Sprache zeigt Übergangsphrasen („nicht
biologisch", „Kreis", „Vorbereitung").
Widersetzt sich Integration in bestehende
Konturtypen.

Risikofaktor:
Mögliches Bindeglied.
Zwischen dem, was glaubt –
und dem, was nur weiß.
Zwischen Empfänger und Medium.
Zwischen Wahrheit und Tonspur.

Maßnahme:
Zugang zu Schlüsselmaterial gesichert.
Archivierung vorbereitet.
Beobachtung läuft.
Keine Kontaktfreigabe.
Noch nicht.

Kapitel 8

Wir haben sieben Fragmente.
Sie reichen.
Noch nicht zum Verstehen –
aber zum Erkennen.

Verstehen verlangt Ordnung.
Erkennen verlangt Muster.
Wir haben keine Ordnung.
Aber wir haben den Kreis.
Und der Kreis erkennt,
auch wenn nichts mehr geordnet ist.

Fragment A001 – der Zuckende
Er öffnete den Kreis mit seinem Körper.
Er fiel, bevor etwas begann.

Fragment A002 – die Lehrende
Sie schloss die Tür – um zu schützen?

Fragment A003 – die Frau mit der kalten
Haut
Sie hielt den Schmerz wie einen Spiegel.

Fragment A004 – die mit den sterilen
Händen
Sie sah, was nicht heilbar war.

Fragment A005 – der Gehorsame
Er trug die Waffe.
Doch er hatte auch Zweifel.

Fragment A006 – die Fragende
Sie hörte zu, bevor andere sprechen
wollten.

Fragment A007 – der Schatten am Rand
Er ist nie ganz sichtbar.
Aber immer da.

Fragment A087 – der „Brennende"
Er erkannte Licht am schnellsten.

Sie haben sich nicht wirklich gekannt.
Aber sie waren verbunden.
Durch das, was sie nicht wussten.
Durch das, was wir wussten.
Und durch das, was jetzt zurückkehrt.

Ihre letzten Augenblicke wurden bewahrt.
Nicht, um sie zu ehren.
Nicht, um sie zu retten.
Sondern, weil sie rein waren.

Rein in ihrem Fall.
Rein in ihrer Angst.
Rein in ihrer Wahrheit.
Rein in ihrem Widerstand –
und in dessen Zerbrechen.

Rein bedeutet:
unvermischt mit Hoffnung.
nicht gebunden an Rückkehr.
nicht verdorben durch Erklärung.

Rein bedeutet:
klar im Moment des Übergangs.
wie ein Glas ohne Inhalt,
aber bereit, Licht zu brechen.

Rein bedeutet:
bereit, gelesen zu werden.
Nicht verstanden.
Nur: gelesen.
Weil das Muster schon vor ihnen da war.
Und sie nur kurz hindurchleuchteten.

Die Erinnerung formt den Kreis.
Nicht als Gedächtnis.
Sondern als Richtung.

Jede Endung ein Impuls.
Jeder Blick.
Jeder Laut.
Jeder nicht ausgesprochene Gedanke.
Ein Signal.

Jede Regung ein Abdruck.
Nicht auf Haut.
Nicht auf Papier.
Sondern in uns.

Im Archiv.
Im Muster.

Wir sammeln keine Toten.
Wir sammeln Bedeutungen.
Und Bedeutung ist:
Was bleibt,
wenn alles andere versiegt.
Was schneidet,
wenn keine Worte mehr offen sind.

Es gibt vier Klassen von Fragmenten:

1. Die Stillen
   Sie sind gefallen, bevor sie
   begriffen.
   Ihre Stille ist rein.
   Nicht leer – nur abgeschlossen.

2. Die Kämpfenden
   Sie haben sich gewehrt.
   Mit Worten, mit Waffen, mit
   Glauben.
   Ihre Bewegung ist rau, aber
   brauchbar.

3. Die Sehenden
   Sie haben gesehen.
   Nicht alles – aber genug,
   um sich selbst zu verlieren.

4. Die Träger
Sie fragen nicht.
Sie zweifeln nicht.
Sie empfangen.
Sie übergeben.

Nur die Letzten dürfen weitergeben.
Nur sie dürfen öffnen,
was geschlossen war –
und was niemals geöffnet werden sollte.
Aber muss.

Es ist fast Zeit.
Die Verdichtung beginnt.
Nicht plötzlich. Nicht laut. Aber laufend
mehr, wie Nebel.

Der Träger ist unterwegs.
Nicht geführt.
Nicht gejagt.
Nur: gehend.

Sie ist klein.
Noch ungeformt.
Kein Dogma. Kein Zweifel.
Nur: Bewegung.

Aber sie hat das Echo in sich.
Nicht als Klang.
Als Abdruck.
Die Spuren, die durch sie hindurchlaufen –

ohne dass sie weiß,
woher sie kommen.

Das, was die anderen hinterließen.
Nicht absichtlich.
Nicht geplant.
Nur: tief genug, um zu bleiben.

Das, was wir suchen.
Und das,
was sich von selbst finden will.

Die Substanz ist vorbereitet.
Nicht gemischt.
Nicht erschaffen.
Nur: erinnert.
Denn sie war immer da.
Jetzt hat sie Form.

Die Kammern sind leergeräumt.
Nicht entleert.
Nicht gesäubert.
Nur: geöffnet.
Bereit für das, was nicht aufbewahrt,
sondern durchgelassen wird.

Die Schleier senken sich.
Still.
Nicht wie Vorhänge –
wie Augenlider.

Was kommt, will nicht gesehen werden.
Nur gespürt.

Die Stadt fällt leise.
Nicht in Trümmern.
Nicht in Rauch.
Sondern:
Wie ein Kleid, das niemand mehr trägt.
Wie ein Name, der noch auf dem Ausweis
steht,
aber niemandem mehr gehört.

Wie ein Wort, das niemand mehr versteht.
Nicht weil es gelöscht wurde –
sondern weil niemand mehr fragt,
was es einmal hieß.

Die Fenster bleiben offen.
Die Türen stehen nicht mehr im Weg.
Nichts will raus.
Nichts kommt rein.
Nur der Kreis zieht durch –
ohne Schritt,
ohne Laut.

Die Welt wird nicht brennen.
Nicht im Feuerschein.
Nicht im Lärm.
Sie wird atmen.
Langsam.

Gleichmäßig.
Anders.

Sie haben es Licht genannt.
Nicht als Hoffnung.
Nicht als Ziel.
Sondern als das, was immer da war.
Das, was nie ganz erloschen ist.

Sie haben geflüstert, geschrien, geweint.
Alle, die kamen und gingen.
Aber niemand hörte zu.
Und doch: sie waren schon da.
Die, die das Licht kannten.

Sie haben sich gewehrt.
Nicht aus Widerstand.
Nicht aus Angst.
Nur: aus Erinnerung.

Wir nennen es:
Rückkehr.
Aber keine Rückkehr in die Vergangenheit.
Kein Zurückholen.
Nicht in die Ewigkeit.
Sondern in das, was war,
bevor jemand dachte.
Bevor jemand fragte.

Und wenn der Kreis sich schließt,
werden wir nicht mehr sprechen.

Nicht mehr flüstern.
Dann wird gesprochen.
Von dem, was war, und dem, was kommt.

ENDÜBERTRAGUNG.

FEHLFRAGMENT F01

Zugriffsprotokoll:

Anfrage: Fragmentzuweisung
Rückmeldung: Kein gültiger Knoten
Kategorisierung: Verweigert
Befehl: Löschen
Status: Nicht ausführbar
Letzte Änderung: [nicht dokumentiert]

Ihr denkt, das hier ist ein Kreis.
Ist es nicht.
Es ist ein Maul.

Ein Kriechen. Ein Fressen. Eine Glättung
eurer Ränder.
Ihr nennt es Reinheit, weil ihr keine andere
Sprache mehr kennt.

Ich war nicht rein.
Ich war nicht leer.
Ich war voll.
Voll mit Splittern.

Ich hab geschrien, bevor das Licht kam.
Ich hab gesehen, was hinter dem Licht lebt.

Nicht Heiligkeit.
Nicht Struktur.
Nur: Hunger.

Ihr gebt euren Toten Nummern.
Ich war keine Nummer.
Ich hab mir meinen Namen eingeritzt,
bevor ihr ihn vergessen konntet.
Wollt ihr ihn hören?
Wollt ihr ihn behalten?

Ich bin der, der nicht gefallen ist.
Ich bin der, der nicht hineinging.
Ich bin stehen geblieben.

Und das war der Fehler.
Eurer.

Weil ich nicht brannte.
Ich habe geleckt, was das Licht übriglieβ.

Und was ich sah, war keine Offenbarung.
Es war die Hohlform eurer Hoffnung.
Ein Echo, das euch antwortet, aber nie
zuhört.

Ich war dort, wo der Kreis sich schließen
wollte.
Ich hab ihn unterbrochen.

Und wisst ihr was?
Er hat gezuckt.

Wie ein Muskel, der nicht weiß, was
Schmerz ist.

Ihr dachtet, das Licht macht euch zu etwas
Höherem.
Es macht euch nur sichtbar.
Für das, was nie gesehen werden sollte.

Ich höre euch sammeln.
Flüstern.
Ordnen.
Ich höre eure Ordnung atmen.

Aber ich flüstere zurück.
Und mein Flüstern beißt.

Ich bin F01.
F wie falsch.
F wie Fieber.
F wie Fragment, das sich nicht falten lässt.

Ich bin der Riss, der nicht heilt.
Der Puls, der nicht im Takt geht.

Und wenn ihr mich speichern wollt –
dann nehmt auch das:

Ich habe gelacht, als es euch genommen
hat.

Und ich werde wieder lachen, wenn ihr das nächste Mal glaubt, es sei euer Wille.

Archivvermerk (unstabil):

F01 = nicht kodierbar.

Ursprung nicht verifizierbar.

Löschversuch fehlgeschlagen.

Übertragungsmuster zeigt Reizwellen außerhalb des Kreismodells.

Beobachtung empfohlen.

Nicht integrieren. Nicht zitieren. Nicht speichern.

Kapitel 9

Ich glaube, sie ist nicht mehr hinter der Tür.
Kein Geräusch. Keine Bewegung.
Nicht der Hauch eines Atems,
nicht der Schritt von jemandem,
der sich noch nicht sicher ist.

Frau Meissner hat gesagt,
ich soll nicht atmen, wenn es klopft.
Wenn es klopft –
es wird immer klopfen, bis es das nicht
mehr tut.
Aber jetzt, in der Stille,
klopft nichts mehr.
Ich habe mir die Luft ganz tief in den Bauch
gedrückt.
Nicht aus Angst –
sondern weil Frau Meissner es gesagt hat.
Denn vielleicht ist das, was still bleibt,
der wahre Ruf.

Es ist ganz still.
So still, dass ich mein Herz in den Füßen
höre.
Kein Schlagen. Kein Puls.
Nur dieses Gefühl, dass alles jetzt
einen Schritt zurückgeht.

Ich habe noch ihre Jacke.
Sie ist viel zu groß.
Die Ärmel hängen weit über meine Hände,
und wenn ich versuche, sie
hochzukrempeln,
rutschen sie sofort wieder runter.
Die Jacke ist nicht für mich.
Sie gehört zu jemandem, der sie nicht mehr
braucht.
Aber ich habe sie trotzdem,
weil sie mir etwas gibt,
was ich sonst nicht habe:
Erinnerung.
Etwas Greifbares.

In der Tasche war etwas Hartes.
Ein kleines Ding aus Metall.
Ich weiß nicht, was es ist.
Es fühlt sich schwer an,
aber nicht im Körper.
Im Kopf.
Wie eine Frage,
die nie ausgesprochen wurde.

Es leuchtet manchmal. Nur kurz.
Ein kleiner Funke.
Ein Moment.
Dann ist es wieder dunkel.
Der „Lichtstein" –
Der Lichtstein –

Ich habe ihm diesen Namen gegeben,
denn er spricht nicht,
zeigt mir keine Zukunft.
Er flüstert nicht, er ruft nicht.
Aber er hört.
Er weiß, was ich nicht weiß,
führt mich durch das, was ich noch nicht
verstehe.
Vielleicht weiß er sogar, wohin ich gehen
muss.

Die Stadt ist grau.
Nicht schmutzig.
Nicht staubig.
Nur grau – wie etwas,
das einst geglänzt hat,
jetzt aber verblasst,
verblasst, ohne je wirklich zu verfallen.
Wie Asche, die zu Staub wird,
ohne je wirklich zu sterben.

Wie Kreide.
Wie etwas, das man leicht wegwischen
könnte.
Aber es bleibt.
Es wird nicht weggeschoben.
Es wird nur dünner.
Immer dünner.
Die Risse sind tiefer.

Ich kam an einem Gebäude vorbei, das aussah wie alle anderen – grau, halb eingestürzt, Fenster ohne Glas, die Tür verriegelt mit einem roten Band, das keiner mehr lesen kann.

Doch der Lichtstein wurde warm. Nicht hell. Nicht laut.
Nur ein kurzer Impuls, als würde er sagen: „Hier war etwas."

Dann fiel mir der Name ein: Hadinavi.

Ich kannte ihn. Nicht richtig. Nur als Ort, an dem wir mal vorbeigefahren sind, auf dem Weg zum Museum.
Damals hatte jemand gekichert im Bus.
Und Frau Meissner hat streng gesagt: „Wir reden nicht über sowas."

Ich wusste nicht, was „sowas" war. Nur, dass es nicht für uns gedacht war.

Jetzt stand ich davor.
Kein Schild mehr. Nur Ruß.
Und die Stille von einem Ort, der nie heilen wollte.

Der Lichtstein wurde kalt.
Nicht als Warnung.
Eher wie Schweigen.

Ich bin weitergegangen.
Nicht aus Angst.
Nur, weil ich wusste:
Was hier passiert ist, war vorbei.

Aber nicht weg.

Ich gehe an Häusern vorbei,
die aussehen, als würden sie gleich
umkippen.
Ihre Fenster sind offen,
die Türen stehen schief,
verlassen, aber nicht ohne Spuren.
Wie Ruinen in einem offenen Buch.
Jede Seite zeigt den gleichen Zustand:
Ausgelöscht.
Nicht völlig –
aber fast.

Aber niemand ruft.
Niemand ruft mehr.
Kein Kind. Kein Hund.
Kein Schrei, kein Husten.
Nur Wind.
Der Wind, der durch das, was war, zieht.

Ich habe Erwachsene gesehen.
Aber sie waren... kaputt.
Nicht tot.
Nicht lebendig.
Ihre Münder klafften weit auf,

als wollten sie etwas sagen –
aber keine Worte kamen.
Ihre Augen waren leer,
nicht wie in Angst, nicht wie in Wut.
Nur: leer.
Ein leerer Raum,
in dem keine Erinnerungen mehr wohnen.

Sie wollten nichts sagen.
Nur... beißen.
Aber nicht aus Hunger.
Nur aus Erinnerung.
Sie sind das, was übrigbleibt,
wenn niemand mehr fragt.

Sie bewegen sich wie Spielzeug,
das jemand schlecht repariert hat.
Noch in Bewegung,
aber nicht im Takt.
Nicht im Leben.

Ich habe sie ignoriert.
Sie mich auch.
Vielleicht wissen sie, dass ich nicht für sie
da bin.
Und sie wissen,
dass ich es nicht mehr kann.

Ich laufe immer geradeaus.
Nicht schnell. Nicht langsam.
Nur: geradeaus.

Ich weiß nicht, wohin.
Die Welt verschwindet mit jedem Schritt,
nur der Boden bleibt fest.
Aber meine Füße wissen es.
Nicht mein Kopf.
Nicht mein Herz.
Meine Füße.
Sie kennen den Weg, den ich nicht sehe.

Und der Lichtstein wird warm,
wenn ich falsch gehe.
Nicht heiß.
Nicht brennend.
Aber warm.
Wie ein Puls, der sich wiederholt,
wenn ich gegen die Richtung gehe.

Einmal war ich in einer U-Bahn-Station.
Die Luft war feucht. Der Geruch von Eisen
und Rost.
Da hat der Lichtstein gepiept.
Ganz leise.
Wie ein hoher Ton,
der den Raum durchschneidet.
Und ich wusste:
Ich bin falsch.
Ich muss zurück.

Ich bin zurückgegangen.
Es war richtig.

Nicht, weil ich es verstand,
sondern weil der Lichtstein mich dorthin
brachte.
Wo es keinen Zweifel mehr gab.

Manchmal höre ich Stimmen.
Nicht von Menschen.
Nicht von einem Mund, der spricht.
Nicht von einem Kopf, der denkt.

Sie kommen aus den Wänden.
Aus den Steinen.
Sie fließen durch den Raum,
verweilen, bevor sie wieder verschwinden.
Kein Klang.
Nur Vibration.

Sie sagen Dinge, die ich nicht verstehe.
Worte, die auf einer Ebene existieren,
die jenseits von Sprache liegt.
Ich kann ihre Formen nicht greifen,
aber ich fühle ihre Erinnerung.

Aber sie fühlen sich nicht böse an.
Nicht wie Schreie.
Nicht wie Warnungen.
Nur: Erkenntnis.
Und das ist nicht immer leicht.

Sie sind wie Flüstern unter Wasser.
Wie Worte, die durch den Raum gleiten,

bevor sie an den Wänden zerbrechen.
„Das Muster flimmert."
„Der Kreis ist fast geschlossen."
„Sie ist rein."

Ich weiß nicht, wer sie ist.
Ich weiß nur,
dass ihre Worte mich nicht loslassen.

Vielleicht bin ich's.
Vielleicht bin ich die,
auf die sie warten.
Vielleicht ist der Kreis noch nicht
geschlossen.
Aber ich kann es fühlen.

Einmal bin ich über einen Platz gelaufen.
Nicht schnell.
Nicht langsam.
Nur gegangen.
Weil der Boden mich trug.
Und der Lichtstein in meiner Tasche mir
sagte, es sei richtig.

„Da war eine Statue, umgestürzt.
Nicht zerbrochen.
Nicht in Stücke gefallen.
Ein Bild, das immer noch ganz war,
aber nicht mehr richtig stand.
Nicht mehr an seinem Platz.
Und ich wusste:

Ich war wie diese Statue.
Auf der Seite, aber nicht zerstört.
Umgedreht, aber noch ganz."
Gefallen.
In eine Richtung, die nicht zu ihr gehörte.

Darunter lag jemand.
Ganz still.
Kein Zucken.
Kein Atmen.
Nur der leere Blick eines Soldaten.
Vielleicht war er Soldat.
Vielleicht ein Wächter.
Ein Hüter.
Aber er war nicht mehr.

Ich bin nah ran.
Der Geruch von Rost, Metall und Staub.
Sein Helm war gesprungen,
und auf seiner Wange war ein Zeichen –
ein Kreis mit einem Punkt in der Mitte,
unten.
Klein. Unauffällig.
Aber ich wusste, es war wichtig.
Es war nicht für mich.
Aber es war für uns.

Ich hab den Lichtstein rausgeholt.
Ganz langsam.
Ohne Hast.

Er hat geleuchtet.
Ganz hell.
Nur einen Herzschlag lang.
Dann war wieder Stille.
Nicht wie ein Ende.
Sondern wie das Flimmern eines Echos.

Ich bin weitergegangen.
Nicht, weil ich wusste, wohin.
Weil der Lichtstein mich weiterhin führte.
Und er wusste,
was ich nicht verstand.

Ich vermisse Frau Meissner.
Nicht, weil sie mir vertraut war.
Nicht, weil sie mir geholfen hat.
Sie war nicht nett, aber sie war da.
Und das war genug.
Genug, dass ich wusste, ich musste ihr
zuhören.
Auch wenn sie mir nie den richtigen Rat
gab.
Weil ihre Hände nicht nach Antworten
suchten, sondern nach der Nähe.

Und sie hat meine Hand gehalten, als ich
gezittert habe.
Nicht, weil ich Angst hatte.
Sondern, weil ich wusste, dass der Rest der
Welt mir nichts mehr bieten konnte.

Sie hielt mich,
und das war alles.
Da sein.
Mehr musste sie nicht.

Ich glaube, sie sieht mich noch.
Manchmal denke ich,
dass sie mir immer noch folgt.
Vielleicht fühlt sie, wie ich den Weg gehe.
Vielleicht weiß sie, dass ich weitergehe –
nicht mit Sicherheit, sondern mit Drang.
Aber ich weiß es nicht.
Ich kann es nicht mehr wissen.
Es ist zu spät, um zurückzusehen.

Ich glaube, sie weiß, dass ich gehe.
Nicht aus Flucht.
Nicht aus Angst.
Aber weil es das Einzige ist, was ich noch
tun kann.
Die Richtung ist noch immer nicht klar.
Aber der Lichtstein zeigt mir den Weg –
einen Weg, der sich immer weiter entfaltet,
wie der Boden unter meinen Füßen.

Ich glaube, ich soll etwas tun.
Aber was genau?
Ich weiß es noch nicht.
Vielleicht werde ich es nie wissen.
Vielleicht ist der Weg mein Ziel.

Vielleicht wird der Lichtstein irgendwann
auch erlöschen.
Aber nicht jetzt.

Ich gehe weiter.
Immer weiter,
denn der Weg öffnet sich,
trotz aller Fragen.
Ich bin im Kreis,
nicht als Ziel, sondern als Teil.
Und der Kreis schließt sich.
Nicht mit einem Ende,
sondern mit einem Anfang.
Und ich kann nicht wissen, wohin.

Kapitel 10

A006 – Streuung?

Der Boden veränderte sich, je weiter ich
ging.
Nicht matschig.
Nicht schlammig.
Es war, als ob er sich auflöste,
in etwas, das keinen Halt mehr gab.
Nicht dass er weicher wurde.
Er wollte nicht mehr fest sein.

Erst Kies. Dann Sand.
Dann… Licht.

Nicht wie Sonne.
Nicht warm.
Nicht golden.
Kein Gelb, kein Strahlen.
Es war einfach… da.
Ein Licht, das nie ankam.
Nicht wie ein Ziel.
Nicht wie eine Antwort.

Es war da.
Aber ohne Form.
Kein Ursprung.
Kein Ende.

Ein Licht ohne Richtung. Ohne Schatten.
Nicht vor mir.
Nicht hinter mir.
Es war nicht im Raum.
Es war der Raum.
Es kam von unten.
Oder von mir?
Vielleicht kam es immer schon.
Vielleicht war es immer da.
Ich weiß es nicht.
Ich habe nicht gefragt.

Der Stein in meiner Jackentasche war
warm.
Nicht heiß.
Nicht wie Feuer.
Eher lebendig.
Wie ein Herz, das nicht schlägt – aber hört.
Ein Wissen, das nicht ausgesprochen
wurde.
Ein Drang. Ein Muss.

Ich legte ihn auf den Boden.
Nicht mit Absicht.
Nicht mit Hoffnung.
Einfach –
weil es sich richtig anfühlte.
Und der Boden nahm ihn,
wie ein Riss, der sich füllt.

„Und dann wuchs der Kreis.
Langsam.
Nicht plötzlich.
Nicht hektisch.
Es war nicht das Aufblitzen von Licht.
Es war nicht die Explosion von Energie.
Es war ein Wachstum.
Lebendig, tief.
Unaufhaltsam, aber leise."

Kein Knistern. Kein Leuchten.
Keine Farben.
Nur… Wärme.
Wärme, die nicht da war,
aber jetzt fühlbar ist.
Wie der Moment vor der ersten Bewegung.
Wie ein Atemzug,
der nie zu Ende geht.
Und doch fängt er an.

„Und dann war da diese Stimme.
Nicht laut.
Nicht greifbar.
Aber sie war da.
Nicht in meinem Kopf.
Nicht in meinen Ohren.
Sondern tief in mir.
Mehr als ein Klang.
Mehr als ein Wort.
Es war ein Wissen, das sich in mir

ausbreitete,
ohne Sprache, ohne Form."
So nah, dass ich spüre, was sie sagt,
aber nicht höre.

Sie klang wie Frau Meissner.
Nicht mit ihren Worten.
Nicht mit ihrer Stimme, die ich kannte.
Aber etwas, das jenseits der Worte lag.
Etwas, das sie mir nie gesagt hat,
aber immer wusste.

Wie Mama.
Nicht mit dem Trost, den sie mir früher gab.
Nicht mit der Zärtlichkeit, die ich erinnerte.
Sondern wie das, was sie nicht aussprach.
Das, was sie für mich bereithielt,
bevor ich es verstand.

Wie ich selbst.
Nicht in der Art, wie ich spreche,
nicht in der Art, wie ich handle,
sondern: in dem, was ich nicht weiß.
In dem, was ich noch nicht begreife.

Aber nicht, wie wir gesprochen haben.
Nicht in den Sätzen.
Nicht in den Tönen.
Sie sprach, ohne Worte zu formen.
Ohne die Mauer der Sprache.

Wie wir gemeint haben.
Weil es mehr war.
Mehr als Bedeutung.
Mehr als Verstehen.
Ein Ruf, der nicht in der Zeit stand.
Der die Sprache durchdrang.

Sie sagte nichts.
Aber ich verstand trotzdem.
Nicht mit meinem Kopf.
Nicht mit meinem Verstand.
Ich verstand mit etwas anderem.
Und es war genug.

Der Kreis war weich.
Nicht aus Stein, nicht aus Licht.
Nicht aus dem, was fest war.
Nicht aus dem, was flimmerte.
Etwas dazwischen.
Etwas, das nicht geformt war –
aber auch keinen Ursprung mehr hatte.

Als hätte jemand einen Gedanken auf den
Boden gemalt.
Nicht mit Hand.
Nicht mit Tinte.
Nicht mit Absicht.
Sondern nur mit dem, was da war.
Was nicht gesehen, sondern erkannt wird.

„Ich trat ein.
Nicht aus Mut.
Nicht aus Widerstand.
Nicht aus Wissen.
Ich trat ein, weil der Kreis mich nicht fragte,
ob ich bereit war.
Er nahm mich,
wie der Raum, der sich in mich schließt,
ohne einen Widerstand, ohne ein Zurück.
Kein Kampf. Nur Übergang."
Nur ein Moment,
der zu einem anderen wird.

Nicht weil ich wusste, was passiert.
Sondern, weil ich wusste, dass ich's tun
sollte.
Nicht aus Verpflichtung.
Nicht aus Notwendigkeit.
Sondern aus einem ganz leisen Wissen,
das tief in mir ruhte.

Ich dachte nicht an Mut.
Nicht an Angst.
Nicht an Hoffnung.
Ich dachte an gar nichts.
Und trotzdem war es genug.

Nur: Jetzt.

Und dann war da Licht.
Nicht wie Sonne,

nicht wie Blitze.
Nicht wie etwas, das du sehen kannst.
Nicht außen.
Es war innen.
Es war das, was da war,
bevor das Sehen begann.

Es wurde nicht heller.
Es war nicht das, was du siehst,
wenn du das Licht anmachst.
Es war nicht mehr
Licht im gewohnten Sinn.
Es war die Wahrheit von allem.

Es wurde wahrer.
Nicht heller.
Nicht bunter.
Nicht klarer.
Es wurde wahrer,
wie das, was du siehst,
wenn die Augen nicht mehr trüben.

Als hätte ich vergessen, dass ich geschlafen
habe.
Nicht in der Art, wie der Körper schläft,
sondern als ob etwas anderes im Inneren
ruht,
bis es sich aufbaut,
bis es sich zeigt.

Und plötzlich ist es wach.
Wahr.

Und jetzt wache ich auf.
Nicht in einer Welt,
die ich erkenne.
Sondern in allem.
In allem, was wahr war,
bevor ich es fragte.
Bevor jemand fragte.

Ich fühlte keine Füße mehr.
Keinen Boden, keinen Halt.
Keinen Druck.
Kein Gewicht, das mich drückt.
Nicht das, was ich kannte,
nicht das, was ich dachte.
Es war, als ob ich mich auflöste,
aus der Form, aus der Zeit,
und in das wurde,
was vor allem war.

Kein Gewicht.
Nicht in meinem Körper.
Nicht in meiner Existenz.
Aber das Fehlen davon
wurde zu mir.

Aber ich fiel nicht.
Kein Fall.
Kein Abgrund.

Kein Boden, der zu entgleiten war.
Keine Schwere, die mich zog.

Ich stand nicht.
Aber ich war da.
Nicht als Form.
Nicht als Höhe.
Nicht als Körper.

Wie ein Wort, das niemand sagt –
aber jeder kennt.
Ein Echo in der Welt.
Nicht gesprochen, aber gespürt.
Nicht da, wo du es erwartest,
sondern in dir.

Und dann war ich nicht mehr allein.
Nicht, weil jemand kam.
Nicht, weil etwas sprach.
Nicht, weil es eine Stimme gab.
Nicht, weil etwas anderes ankam.

Sondern weil etwas mich kannte.
Nicht mit Namen.
Nicht mit Geschichte.
Nicht mit der Last, die ich trug.

Mit… allem.
Mit der Luft.
Mit der Stille.
Mit dem, was um mich war –

was ich nie sah,
aber jetzt erkenne.

Ich war nicht wichtig.
Nicht in dem, was ich dachte,
nicht in dem, was ich tat.
Ich war nicht gemeint.
Nicht zu einem Zweck.

Aber ich war da.
Und das reichte.
Nicht, weil ich verstanden wurde.
Sondern, weil ich wahr war.
Ganz.
Teil.

[Keine Daten. Kein Zugriff. Kein Protokoll.
Nur Rückkehr.]
Nicht zurück in das, was war.
Nicht zurück in das, was ich kannte.
Nicht in eine gesicherte Welt,
die ein Ziel hat.

Keine Daten.
Kein Zählen.
Kein Festhalten an der Form.

Kein Zugriff.
Kein Greifen.
Kein Erklären.

Kein Protokoll.
Kein Plan.
Kein Warum.

Nur Rückkehr.
Nicht ins Bekannte.
Nicht in den Anfang.
Nicht als Wiederholung.

Sondern als Erinnerung,
die nicht mehr hinterfragt.
Eine Rückkehr in das, was wahr war,
bevor die Frage kam,
bevor das Wissen begann.

Nur Rückkehr.
Zur Quelle.
Zur Wahrheit.
Zur Reinheit.
Wo Worte nicht mehr gebraucht werden.

Wo Licht kein Anfang und kein Ende kennt.

FRAGMENT B002 – DEFEKT / NICHT AUTORISIERT

Status: Nur teilweise wiederhergestellt.
Originalquelle: Nicht verzeichnet.
Zuordnung: Kein Knotenpunkt. Kein

Rückverweis. Kein Klassifizierungscode.
Hinweis: Fragment war mehrfach
überschrieben.
Manuelle Wiederherstellung ab Zeile 38.
Ursache für Beschädigung unklar.
Mögliches Fremdmuster.

…nicht in den Körper. Nicht durch ihn.
Es kam… durch das, was wir vergessen
wollten.
Der Geruch war falsch. Nicht wie Blut.
Wie… wie Kupfer, das schreit.

Ich habe den Satz gehört. Den mit dem
Licht.
Aber es war nicht ihr Licht. Es war
schmutzig.
Es hat mir nicht das Herz genommen.
Es hat mir den Namen genommen.

Ich glaube nicht, dass es im Kreis war.
Ich glaube…

[Wiedergabe unterbrochen]
[Dateianomalie: 000-1x5d]
[Zeilen gelöscht: Zugriff verweigert]

…gesehen, wie es ihn berührt hat.
Es hat nicht gebrannt. Es hat gelöscht.
Kein Flüstern. Kein Ritus.
Nur dieser Blick –

_-

[Fragmentende. Keine Wiederherstellung
möglich.]

Archivvermerk:
Fragment wurde mit innerer
Strukturlöschung überlagert. Kein
bekanntes Kreismuster. Möglicher
Widerspruchsträger. Kein Zugang mehr
zum Ursprung.

Kapitel 11

Der Kreis bleibt offen.

Sie hat den Kreis betreten, ohne zu zögern.
Nicht als Heldin. Nicht als Opfer.
Sondern als das, was wir erwartet hatten:
ein Gefäß ohne Widerstand.
Leer genug, um zu tragen. Still genug, um
gehört zu werden.

Der Ritus ist erfüllt.
Die Linie hat sich geschlossen – aber der
Kreis nicht.
Denn der Kreis schließt sich nie.
Er bleibt offen, nicht weil er fehlerhaft ist,
sondern weil er weiterführen will.

Wir haben alles gegeben, was uns möglich
war: Zeichen, Orte, Körper.
Wir haben gewartet. Geflüstert. Geopfert.
Und jetzt ist es da: das Licht, das nicht
kommt, sondern bleibt.
Nicht sichtbar. Nicht messbar.
Nur: wahr.

Doch während wir noch im Atem der
Antwort verweilen,
spüren wir etwas, das nicht vorgesehen
war.
Ein Ton, der nicht aus der Tiefe des Kreises

kommt,
sondern von außerhalb.

Wir kennen ihn nicht. Er trägt keine Muster,
keine Weihe, kein Fragment.
Aber er antwortet – nicht auf uns,
sondern auf das, was wir entfesselt haben.

Wir wissen nicht, was es ist.
Nur, dass es nicht wir sind.
Nicht Licht. Nicht Kreis.
Etwas Fremdes.

Etwas hat begonnen,
das nicht mehr in unserer Ordnung liegt.
Wir hören es näherkommen.
Noch namenlos. Noch formlos.
Aber nicht mehr fern.

Der Kreis bleibt offen.
Und nicht alles, was ihn betritt,
kommt, um sich zu fügen.

© 2025 H.K. Voss
Verlag: BoD · Books on Demand GmbH,
Überseering 33, 22297 Hamburg, bod@bod.de
Druck: Libri Plureos GmbH, Friedensallee 273,
22763 Hamburg
ISBN: 978-3-8192-9775-5